—— 阅读之前 没有真相

午夜文库

玻璃长颈鹿

[日]加纳朋子 著
董纾含 译

新 星 出 版 社　NEW STAR PRESS

目录

1	玻璃长颈鹿
37	三月兔
67	忧郁腊肠犬
97	镜之国的企鹅
127	暗夜乌鸦
179	最后的纳摩盖吐龙

玻璃长颈鹿

1

咔嗒、咔嗒，文具盒在书包中发出一声声钝响。黑暗正渐次浓郁。仿佛被冷风推着后背，少女忍不住小跑起来。她包里的文具也随着步伐的频率细微地震动着。转过一条公车线路，折进狭窄的小径后，她吃力地换了另一只手去拎书包。胳膊的负荷要比平日夸张许多，这主要是包里塞了厚得离谱的英日词典和古文词典的缘故。明天是二月二十二日，她的学号里也有个"二"，所以被提问的概率极高。无论如何，都得好好预习功课了。

突然，不知何处传来一阵犬吠。少女急忙停下脚步，但却不是因为犬吠声，而是因为此时路右侧凑过来一辆车，车门还猛地推开了。

"喂，我说……"

一个高大且瘦得惊人的男人走下车。他声音异常尖锐，头发微微卷烫过，看上去还很年轻。

"我想问个路。"

男人一边说，一边快速地逼近少女。

此时，少女脑中的危险信号灯开始剧烈地闪烁起来。可是她的身体却仿佛石铸一般，一动都不能动。只一瞬，对方已经走到自己面前了。少女感觉胃中骤然一热，紧接着下一秒，胃里又像吞进了一大块冰一般冷到极点。

就在离少女胃部仅有几厘米的位置，抵上了一把锐利的匕首。它反射着路灯朦胧的光，四下昏暗之中，刀身闪着青色的柔光。

男子无声地示意少女上车。

休想违抗。男人的眼神如是说。

匕首的利刃长达十五厘米，刀尖碰触到了学生制服那深蓝色的布料。

"否则我就杀了你。"

与刚刚那种尖锐的嗓音不同，男人此刻压低了声音。他那双细长且眼尾上吊的双眸中没有一丝神采，唯有薄薄的双唇泛起一个干涩的微笑。

少女艰难地后退半步，但也已经到了极限。后背感受到某种叶片坚硬的植物特有的粗糙质地，不由得一阵毛骨悚然。她已经嗅到了恣意生长的绿篱散发出的尘土味。绿篱所包围的这户宅院荒废已久。柚子树的枝丫透过绿篱横生出来，戳挑起少女的头发。尖刺触碰到了脸颊，可她却丝毫感受不到疼痛。此时此刻，所有感官似乎都麻痹了。

"怎么？喊一声试试啊，我可以一刀结果了你。"男人微微一笑，语调呆板地说。

的确，从这把刀的长度来说，想要贯穿少女单薄的身体实在是绰绰有余。少女开始哆嗦起来。她喉间干渴焦灼，心脏简直要爆炸了，全身的骨关节都仿佛发着高烧一般灼热。

她低下头看着抵在自己腹部的利刃，随即又抬起了头。

"不要……"

那声音沙哑极了。

随后，少女猛地腹部用力，再一次说道："求求你，不要……"

不过这一次，声音中已不再掺杂沙哑和颤抖。刚才那句话吐露而出的瞬间，一阵强烈的自我厌恶感向她袭来。"求求你"……她竟然说了"求求你"这几个字。自己凭什么要被迫说出这几个字？自己的命运，凭什么被一个素未谋面的男人捏在手心？这荒唐的一幕，为何会在现实生活中发生？

无法自拔的脱力感和难以言喻的愤怒同时奔涌上来。照少女的年纪，她已经很清楚，倘若乖乖听话，真的上了男人的车，那之后会发生什么了。总归要被杀掉，倒不如干脆现在被杀死更好些。

她就此下定了决心。

少女扭转身体，准备搏命逃跑，而几乎就在同时，男人也挥出了手中的匕首。

2

不分季节，葬礼都是令人讨厌的，二月的葬礼尤为如此。彻骨的寒冷几乎要将人的整个心都冻结。就连正午时分的太阳，看上去都像是被纸糊起来的微弱的灯光般虚弱不堪。冬季的葬礼对于情绪本就萎靡的参会者来说，实在是过于残忍了。

更何况，死去的还是一位年仅十七岁的少女……这实在令人无法释怀。

转过街角，就看到一个身穿黑色西装的男人举着写有"安藤家"字样的牌子，打着哆嗦站在那儿。这是第四个人了。男人衣服兜里还探出了一次性暖宝宝的一角。他看了看我身上穿的衣服，低声说"在那边"。我对他轻点一下头，朝着男人提示的方向走去，前方已经能看到寺院了。

真想先停下脚步来根香烟……我本这样想着，却被口中吐出的白色雾气打消了念头。走到寺院门口，接待处站着两位身穿丧服的女士。其中一位是戴眼镜的老妇人，另一位则年轻很多。我双手冻得哆哆嗦嗦，有些焦躁地从怀中取出袱纱巾，一边在口中念着那句常规台词"您请节哀……"一边拿出香奠。就在此时，那位年轻的女子不知为何，突然露出了惊诧的神色望着我。她美丽的大眼睛令人过目难忘。我不记得见过她，于是只轻轻地低下了头，径直向寺院内走去。

即便做好了十足的心理准备，安藤麻衣子的葬礼仍旧弥漫着令人难以忍受的气氛。随处皆可听到断断续续的交头接耳。

（真可怜啊……还只是个小孩子呀……只能说运气太差了……话说回来，如今的世道真是人心不古……警察都干什么去了……）

不论出于何种原因，一个十七岁少女的死，本身就太过异常。更何况，安藤麻衣子是被杀身亡的。大约一周前，她浑身是血地倒在路边，被路过的行人发现。她是被匕首刺死的。新闻上说，警方认定这是一起过路魔行凶的案件[①]。

如此荒唐的殒命，真的能让人接受吗？她只有十七岁，面对死亡未免太早了些。

安藤麻衣子的父亲始终低着头。人们深怀同情地望着他，心中想着"幸好啊，幸好不是我的女儿""幸好不是我的妻子、我的恋人"，但与此同时，目光中还掺杂着一丝微妙的不安"如果案件卷土重来可怎么办……"

我也是其中一员。我有一个和麻衣子同岁的女儿。一想

[①]指犯罪分子在街头针对路人进行无差别行凶的案件。

到如果是我家直子被杀，我便深感毛骨悚然。如果要问"死的不是你的女儿，你是不是松了口气，是不是打从心眼里感到侥幸"，那我的确无法否认。

佛事正式开始，与会者按顺序站起身。轮到我了。这时，我才第一次和少女的遗像打了照面。可是看到那张照片的一瞬间，我却险些惊呼出声。照片中的安藤麻衣子面露可爱的微笑，长长的黑色直发，眉目清秀，是个很漂亮的女孩子。然而，那张面相聪慧的脸上浮现出的表情，却总给人一种失衡的感觉。单看她的脸，的确是满面微笑，但那微笑却似乎并非发自内心，岂止如此，那笑脸明显是欠缺安定感的。

我的确在哪里见过和这表情一模一样的面容。

此时，我才发觉安藤的父亲一脸狐疑地望着我，于是慌忙礼毕，任由那种难抑的思绪，宛如渣滓沉淀在心底。

我深深弯下腰，死者家属也有气无力地回了礼。动作相当呆板机械。安藤的父亲再度将头深埋起来。

突然，会堂入口响起一阵骚动的声音。一位坐在最后一排的女士猛地起身，带倒了折叠椅。椅子摔在地上，发出惊天动地的响声。

"麻衣！"那名看上去四十来岁的女士悲痛地大喊，"麻衣，麻衣，麻衣——"

她仿佛是个在撒泼打滚的女孩一般，只一个劲儿地重复着这个名字。诵经声被打断了片刻，但又立即恢复了。

很快，她被周围的人拉住，抽噎着离开了会场。几名与会者悄声讲："那是正和安藤先生分居的安藤太太。"

心中突然产生了一种极度烦躁的感受，我真的不该来这儿。如此后悔着走出寺庙时，冷不丁有人从一旁喊我的名字。

"打扰您了……"那位女士说,"您是二年级二班野间直子的父亲吧?"

静静地站在入口侧旁的,是刚才在外面接待处看到的那位年轻女士。她身穿一件设计得极其简约的丧服,很衬她纤瘦的体形。她梳着中分发型,长发在脑后用黑色蝴蝶结绾了起来。每当一阵北风吹来,蝴蝶结和她后颈的碎发就不停摇晃,看上去更添寒意。

"您还是穿上大衣吧。"

我指了指她双臂抱着的那件颜色鲜艳的蓝色外套。

"您一直在接待处站着吧,肯定冻坏了。"

听我这样讲,她显得略有些吃惊,不过还是接受了我的建议,穿上了外套。我也对自己的发言感到极其迷惑——我为什么要和她说这个?

穿上外套后,她轻轻地对我点了点头。

"突然喊住您,实在不好意思。我是花泽高中的校医,鄙姓神野。直子是您的女儿对吧?"

"没错,您怎么知道的呢?"我披上自己那身穿旧了的外套,如此回答道。

"因为我看到您香奠上面写的字了。"对方若无其事地解释道。

野间这个姓氏虽不是随处可见,但也并不稀罕。我疑惑地歪着头,神野老师微微笑了,那笑容仿佛春日从树叶间撒下的暖阳,温柔极了。

"令爱写得一手端正工整的好字呢。您常请她帮您写字吗?"

我总算明白了。

"是我这个做父亲的字写得太烂,为了以防万一,总是攒到一起请她帮忙写。"

我一直特别珍惜她写的字——原本，我还想加上这么一句话。但转念一想，此次参加的又不是什么喜庆的场合，为丧葬一类白事写字，也谈不上吉利。虽然对方似乎并未注意这些，但我还是换了个话题。

"不过，您可真厉害，每个学生的笔迹您都认得？"

"直子同学很特别啦，毕竟她是校内书道展的常客。我的字写得也很不成样子，所以很羡慕她呢。"

说到这儿，神野老师又笑了笑。这次的微笑不知为何，显得略有些客套。

"直子同学最近都在休假对吧。"

她猛地问到这一点，我心下一惊。

"您已经知道了？"

"是啊，她是有哪里不舒服吗？"

对方已经完全是校医的口吻了。我开始搜肠刮肚找理由回复她。

"哦，不……其实没什么大事，就是有点不舒服，所以我就让她请假好好休息休息。"

"好像这一整个星期都在请假吧，是感冒迟迟没好吗？"

"哦，嗯……是的。"

我用拳头蹭了蹭前额，擦着根本不存在的冷汗。神野老师用她那一双大眼睛紧紧盯着我。

"是从发生了那起案件开始请假的，不是吗？从那时起，直子同学就没来过学校了。"

我咽了咽口水。这句话仿佛突然戳中了我那受创并开始化脓的伤口一般。

那起案件，当然指的是安藤麻衣子被人杀害的案子了。从出事那天起，至今已经过去了六天。这个二月也只剩一天了。听说因为要等待尸检结果，所以举办葬礼的日子一直定不下来。虽说事出无奈，可案件如此悬而未决，对遗族来讲也确实太过痛苦了。

话说回来，神野老师刚刚那句话并没说错。直子突然变得异常，正是从安藤麻衣子被杀当天开始的。

"是。"我简短地回答。这种事，实在没什么撒谎的余地。

神野老师露出若有所思的表情，随后，她突然说了一句令我意想不到的话。

"您家是住在樱台团地吧？能否允许我和您同行一段？"

"哦……"

我含混地点了点头。怎么说呢，我这人已经不年轻了（如果是直子，会说我'而且也不那么傻了'），早就不会自作多情，以为对方是对我个人有点什么意思了。更何况对方还是一位年轻貌美的女士。我只是单纯觉得有些蹊跷罢了。

神野老师似乎并未将我的疑虑放在心上，率先走在了前面。我看着她走路的姿态——肩膀不太安稳地晃动着，显得略有些僵硬，心想：既然如此，那也罢了。反正我也有些事想要找人确认一下，说不定她就是个合适的人选。

"那个……神野老师。"走出寺庙大门后，冷风直扑面颊，我主动搭话，"关于死去的这位学生，真是令人感到遗憾……"

是呀，的确——她颔首。

"麻衣子是个很漂亮的女孩子，她也非常清楚自己的美貌。面对那些被她的外貌所吸引的人，她有点……怎么说呢，似乎表现得有些轻蔑，不是吗？"

"这一点我无法反驳。安藤同学是个精英分子嘛……我这个比喻当然没有褒或贬的态度。"

虽然回答得十分克制，但神野老师对我的说法表示赞同。我点了点头。

"是啊。丢人现眼的事她绝不会做，也从不屈服于任何人。她是个不愿主动折腰的孩子。"

"是，您说得没错。"

"而且，她也不太会将喜怒哀乐等情绪明确地表现出来。感到不安和烦躁时，她只会通过一些十分细微的小动作表达，比如摆弄头发、抓紧裙角，或者啃指甲。她总是那么的不安，紧张得令人怜悯，就仿佛一根绷紧的细线。"

神野老师一脸狐疑地望着我。

"我想，从没有人会像您所说的这般看待麻衣子，包括她的双亲在内。"

"我说错了吗？难道麻衣子并不是那样一个女孩子吗？"我反而有些松了口气般询问道。

然而对方却摇了摇头。

"不。您说得恐怕完全正确。可是，为什么野间先生会知道这些呢？"

"我这样问似乎有些莽撞，但我反而也想问问神野老师，您为什么对麻衣子如此了解呢？"

"有一些学生，她们来校医务室可不是因为生病或受伤呀。"

我轻轻点了点头。她们应该是去聊一些私人问题了，安藤麻衣子也是其中之一。

"在回答您的问题之前，我还想再问一句：麻衣子同学爱吸的香烟牌子是卡仕达，对吗？"

神野老师的双眼猛地睁大。她这样的反应，等同于默认了我的问题。

我突然止步，正视这位走在身旁的女士。她的双颊因寒冷而发红，双目漆黑澄澈。

"神野老师，如果我告诉你，我已经知道杀害安藤麻衣子的是个什么样的人，又是用什么手段杀害她的，你愿意相信我吗？"

3

……在这个世界，一切都是淡青色的，透明的，满溢着炫目的光芒。住在这儿的动物们也都是透明的，它们吃的是玻璃做的草或玻璃做的树木结出的果实，喝的是玻璃做的水。

这儿的各种东西全都是玻璃做的，真是个非同寻常的世界呀。

在这个玻璃世界的玻璃草原上，住着一只玻璃长颈鹿。这只长颈鹿总是笔直地抬起它长长的脖子，望着某个远方。那视线坚决、冰冷而透明，就和它那玻璃制成的身体完全一样。

我小声叹了口气，将那薄薄的一卷纸扔到了工作台上。取而代之地，我翻开一本速写簿，用茶色素描笔画起了速写。刚劲有力的线条，脆弱纤细的线条，动感清晰的线条……关于轮廓的把握，我并未感到迷茫。可是这里要填上什么颜色比较好呢……一想到这儿，我手上的动作就停顿下来。

究竟如何是好？我摸着下巴思索。胡子已经长长到能用手指揪住的程度了。不弄得利索些，肯定又要被直子训……我暗自苦笑，从糖果盒里摸了一颗牛奶糖丢进嘴里。一旁的烟灰缸里积着几枚玻璃糖纸，模样仿佛被风吹散的落叶。我数了数，决定吃到第十颗就不吃了。

那糖果盒子是直子送我的情人节礼物。趁着高兴劲儿，我当场宣布要重新把失败了无数次的戒烟行动提上日程。

"爸爸，这次一定要加油把烟戒掉呀。要是烟瘾来了，就拿几颗糖吃好了。绝对不可以再吸烟了哦！"

当时，直子边说边递给我一个可爱的小熊形状的糖果盒。其实最开始盒子里是塞得满满当当的巧克力，但不知何时巧克力消失了，又在不知不觉间换成了一盒子糖果。

"糖果不会像巧克力那样一颗接一颗吃得太快，对吧。"直子一脸得意地如此说道。可当她看到我把糖果咔吧咔吧嚼碎，接二连三地吃个不停，又皱起鼻子嫌弃道："虽然不想爸爸得肺癌，但是更不想爸爸变成大胖子！"

她郑重其事地轻声控诉。

后来又过去一个星期。我觉得自己挺了不起的，竟然忍住了没有复吸……嗯，大概没有吧。总之呢，每熬过一天，就是创造了戒烟的新纪录。

为了表扬自己达成记录，干脆来上一根吞云吐雾一番——我脑子里冒出了这个荒唐的念头。正在这时，电话铃声仿佛刻意找准时机般尖锐地响起来。电话的半个身子已经探出工作台之外，正在以一种刁钻的角度保持平衡，没有掉下去。我抓着电话线把它扯到手边。估计那种时髦的无绳电话和我们家是没什么缘分了。

"怎么样了，画好了没有？"我一声"喂"的话音还没落，电话对面的人就抢白道。是《幻想工坊》的小宫。这男人真是急脾气。他就只有嗓音比较年轻，和年龄不符。我们两人去年才刚刚手拉手闯进了四十大关。这勤快男人，还专程在比他晚三个月的我的生日当天打来电话，喜滋滋地扯道："哎呀呀，你也终于是四十不惑了嘛。恭喜恭喜哦！"

顺带一提，这家伙原本的姓氏其实是"大宫"。不过因为他个头只有一米六，所以大家就喊他"小宫"。他的夫人身材比他还要再娇小一大圈，性格活泼可爱，对着初次见面的陌生人，也会大方介绍自己说"我是小宫的妻子"。这种情况我亲眼见过好几次。当年我妻子去世时，她也帮了不少忙。

说到这个小宫，我们俩从念书起就混在一起，到如今也有二十多年了。有时候是工作关系，有时候是私人关系，总之一直抬头不见低头见，简直是教科书般的孽缘。

这次小宫打电话过来，聊的是工作上的事。

《幻想工坊》是一个主要刊登童话和诗歌的月刊。虽然如今早就不流行这种土气的杂志了，但它竟然想方设法活了下来，并未废刊。这真的只能说是奇迹了。

"全靠主编的好人品呀。"

小宫总是这么说。这里我补充一句——他口中那个好人品的主编，就是他自己。

"您也别忘了还有一个工资超低当牛做马的勤劳插画师哟。"

我不失时机地回敬他。接下来又是惯常的互怼环节，最后，往往是两个人仿佛事先商量好了一般，齐声叹气。

——童话故事，真的很难拿来糊口啊。

这句没有说出口的话，在我们两个人的心底回荡。

我其实估摸着小宫会打电话过来，所以回了一声苦笑。从小宫那儿拿到原稿复印件起，到现在，才刚过去不到两个小时。

《幻想工坊》设立了一个童话大奖，一年一度，面向社会公开征稿。话虽如此，这个奖项却给不出奖金一类的东西，优秀作品也只能获得一个配上插画刊登在杂志上的微小奖励。不过，即便是这样，每年也能轻轻松松收到个几百篇投稿，真是厉害。

"明明儿童人口在逐年递减呢。"小宫苦笑道，"不，不如说，可能就是因为儿童人口在逐年递减，大人们才意识到，未来是没有梦想的。所以他们才会拼命挣扎，想在孩子们的世界中寻找当初的梦想。"

《幻想工坊》的不少读者，本身也有创作的愿望。

这篇名为《玻璃长颈鹿》的短篇作品，可以说是内定要拿特别奖的。其实到前一年为止，还没有特别奖这么一个奖项。据我推测，之所以设立这个奖项，就是为了让《玻璃长颈鹿》拿奖。也就是说，估计这部作品属于虽没有优秀奖那么优秀，但是不颁个奖就显得有些可惜——出于小宫个人的愿望，进行了这么一番特殊操作。

能获得为这篇特别的作品绘制插图的待遇，我的确应该感到光荣才对，但是……

"怎么样啊？这篇小说是不是还挺不错的？"

第一个问题我还没来得及回答，小宫又迫不及待地问了第二个问题。

"字用得太难了。"

"啥？"

"如今谁会用汉字的'麒麟'①啊,又不是啤酒或者相扑……再说了,这可是面向儿童的奖项,改成平假名或者片假名更好些吧。"

"喂,你就这点感想啊?"小宫不满地回道。

我一边听他吐槽,一边在速写本的空白处用素描笔写下"麒麟"两个字。这两个字的笔画多得吓人,而且因为我字写得难看,笔下的麒麟两个字和真正的"麒麟(长颈鹿)"给人带去的聪慧印象相去甚远。非要说的话,顶多也就能让人联想到毛茸茸的猪吧。

"你这家伙也太心急了。"我将素描笔扔到一边,"我不是才刚刚见到你,拿到原稿的吗?"

"说什么刚才,不至于吧?你要是没在一小时前到家,肯定就是跑到哪儿摸鱼走神儿去了。"

我沉默了。和这家伙见过面之后的回程途中,车子的轮胎卡进沟里挂掉了——但这种事我死也不会告诉他的。

"颜色吧……没有颜色呀,那个故事。"我小声咕哝了一句。

听到我这么讲,小宫在电话那头一拍大腿,回了声:"对!说到点上了!你平时不是总说——童话和绘本的命脉就是颜色吗?那么透明的玻璃你会用什么颜色表现呢?我想到这儿觉得还挺有趣的。"

小宫的语气听上去很开心。他那副嬉皮笑脸的模样瞬间浮现在我眼前。

"我刚才稍微画了几笔……不然,就直接用素描的方式画出

---

①在日文中,长颈鹿的汉字写作"麒麟"。但因为笔画数较多,且很难和虚拟的中国古代神兽区分,所以在指代"长颈鹿"的时候很少使用汉字,而是多用平假名"きりん"或片假名"キリン"。译者注,下同。

来如何？"

"说什么傻话！"小宫对我的保守提议表示拒绝，"彩色，彩色，全都要天然的色彩。"

他这样真的就像是在为难我。我只得发出不情不愿的哼哼声。

"说起来，小直怎么样了啊？"工作的话题才刚结束，他就立马换了话头，"我家那口子总惦记着她，说最近都没见到小直了呢。"

小宫夫妻俩都特别喜爱直子。可能是因为他们没有女儿吧。自打我妻子去世，他们更是对直子关爱有加。

"哦，她挺好的。最近要去上补习班，所以回来得比较晚。"

"对哦，小直也快念三年级了呢。时间过得真快。"小宫说到这儿，似乎是抬腕看了看手表。

"现在八点了呀。她应该还在补习吧，小直也真辛苦。"

"没有，她现在在家呢。昨天晚上就有点发烧，今天也请假没去学校。"

"她这不是一点都不好吗！你这蠢货！"

这么说来，的确……

"没事啦，估计就是感冒。她刚吃过药，已经睡下了。"

电话那头，小宫仍旧骂骂咧咧，对我发着牢骚。

同时，我的另一只耳朵听到了别的声音。那声音从远处渐渐接近——是刺耳的警笛声。救护车和警车合奏出一曲不安的交响。接着，紧随其后的是一声细长高亢的惨叫。

那声惨叫是从家中传出来的——

意识到这一点的瞬间，我将听筒扔回到电话机上，飞奔出了工作间。

我跑进直子房间，看到身穿睡衣的直子正抱紧双肩，直挺挺地站在屋子正中央。

"直子，你怎么了？"

紧逼而来的警铃声盖过了我的询问声，那声音吵得我脑袋嗡嗡作响。

直子淡淡地笑了，那是一个恶作剧一般的、嘲讽的微笑。

"现在才来，已经晚了。已经来不及了。街道上早已血流如注，太痛了，肚子就像被烧着了一样灼热……"

"直子，你在说什么呀？"

"一辆车子停在黑暗的路边。突然，从里面钻出一个男人。他手里拿着一把刀。那可不是什么水果刀，它更长，更尖锐。那个人笑着说'杀了你''不乖乖上车，就杀了你'。可是我不想这样，所以我想逃跑。可是却没能逃掉。他用刀扎了我。道路上全是血，我好痛，肚子就像烧着了一样发热……"

直子就像个坏掉的录音机，开始不断重复同一段话。恐惧吞噬了我。我轻轻走近，碰了一下直子的肩膀，她受惊一般颤抖起来。

"我被杀了，我被刺杀了，我死了……为什么？我明明还想活着啊！"

她大叫着，随后身体突然失去力气，瘫软下去。我慌忙伸手垫住她的后背。直子就如同断了线的人偶，丧失了意识。

一瞬远去的警笛声，仍在耳中不断地回荡。

　　……在玻璃森林中，那只长颈鹿发现自己已经迷了路。可是长颈鹿生性高傲，根本不愿承认自己迷路了。

"这儿真是个奇怪的地方呀。"长颈鹿故意用十分有精神的声音说道,"向一个方向走,脖子会被树枝挂住,向另一个方向走,脚又要被乱草绊住。就算不在这地方待着,似乎也没什么好留恋的。"

这句话说到末尾时,长颈鹿原本显得有些心虚。但就在这时,脚边突然响起一个声音。

"你要是这么想离开这儿,就把脖子砍断吧,再把你那碍事的长腿也砍断,这样做的话,就能轻而易举地离开这儿了哦。"

"这么做我不就不能动了吗?"长颈鹿惊呼。

"不会的,当然能动了,你看!"

说着,那声音的主人便从草中现形了。是一条蛇。蛇转着眼珠盯着长颈鹿,吐出细长的蛇信。

"看样子,你不太适合待在这片森林里呢,跟我来吧。我给你带路。"

说罢,它便率先向前走去。

"向前走去"这个说法有点怪啊,蛇是没有脚的嘛……当意识到自己正在思考这些事时,我不由得感到震惊。

这根本就是在逃避现实。

我正在思考今天——不,现在已经过了零点,应该算昨天——究竟发生了什么事。直子突然异常地大嚷、尖叫,最终晕倒。而我就只会惊慌失措,狼狈极了。我送女儿回到床上,再为她盖上被子,接下来就不知道该做什么了。

看来,我也需要一条故事里的蛇,对我说"我给你带路",然后便向前走去。此时我已是束手无策了。迄今为止,我还从未遇到过这种情况。就连三年前妻子过世的时候，直子也未曾慌乱过。她反而还在担心我，为我着想。

夜风将玻璃窗吹得嘎吱作响。能听到外面响起两声车子的引擎声，但很快便又归于沉寂。

我又想：可能……或许不必如此担忧。应该是因为感冒，有点发烧的缘故。直子做了噩梦，情绪混乱，没什么好紧张的。等到天亮了，她又会恢复满面笑容的模样，就和平时的任何一个清晨一样……

那条画在素描本上的蛇向着眼前又凑近了一些。玻璃做的蛇，该如何行动呢？我就这样思考着，不知不觉进入了梦乡。

"喂，你快跟上来啊！迟钝的家伙。"

我梦见那条蛇如此苛责我。

我被客厅传来的巨大声音吵醒，好像是电视传来的声音。我迷迷糊糊地回忆起前一夜发生的事。不知何时，我竟自动钻进了被窝中，这真是把我自己都惊呆了。不由得在这些奇怪的琐事上感慨起来：人这种生物的习惯真是惊人啊。

耳朵里传进好似电视广告一类轻快的歌声，我不由得抚了抚胸口。电视广告。这不就是回归到最为平淡的日常生活了吗？

我一边揉着眼睛，一边爬起身。冬日的清晨十分晦暗。我没有开灯，用手摸索着推开房门。和我的预测相反，客厅也是一片暗沉沉的。只有电视屏幕异常明亮，一片片不规则的光影投射在狭窄的空间里。

"怎么回事，怎么不开灯？"

我正要伸手按开关，却猛地吃了一惊。背对着我坐在沙发上的少女，就仿佛是一个彻底的陌生人。

当然，转过脸来望着我的，毫无疑问正是直子。

"你看呀。"直子吐出这几个字，"现在电视上正在讲我的事呢。"

"你说什么？"

不知何时，电视台切换到了新闻频道。身穿亮灰色西装的主播正用十分严肃的口吻播报新闻。

"昨晚，市内发生一起高中女生被不明人员袭击身亡的案件。死者为就读于本市私立花泽女子短大附属高中的安藤麻衣子……"

我惊得屏住了呼吸。她和直子念的是同一所高中。

"你认识她？"

"该说认识吗？"直子只动了动嘴唇，露出一个淡淡的笑，就像是面对一个误会很深的人露出的苦笑。

"我就是安藤麻衣子。"

"欸？"

直子在说什么，我完全听不懂。而与此同时，新闻主播冷静的声音在耳畔响起。

"警方将此案件定性为杀人案并展开调查……"

"怎么看都是杀人案吧！喂，你在听我讲话吗？就是昨天夜里，我被一个不认识的男人用刀刺死了。"直子用一种平铺直叙的口吻十分淡然地说道。

那晚，小宫又打了电话过来。

"喂，之前聊到的工作进展如何了？昨晚你突然就挂了我的电话……"

"快饶了我吧，现在我可是……"

我正要说出"没工夫做"这几个字，小宫却仿佛要盖住我的回答一般，用极夸张的松了口气的口吻大声道："没做？那太好了。那件事就当没发生过，把它忘了吧。"

"你说什么？你指的是《玻璃长颈鹿》那个故事吗？"

"啊，对对。既不是塑料小猪也不是铝箔河马，就是那个玻璃长颈鹿啦。"

不知为何，小宫的语气带着股自暴自弃的味道。

"发生什么不妙的事了？"

"大大的不妙啊！你看今天的新闻了没？"

"哦哦。"

新闻报纸就摊开在我眼前。就在刚才，我还把某个消息反反复复地读了好几遍。

"上面不是写了吗？高中女生被杀案件，被'过路魔'还是什么人刺死……"

"也不一定就是'过路魔'吧，只是说有这个可能性……"

"管他是什么呢。问题是，那个被杀的女孩子，就是《玻璃长颈鹿》的作者啊。"

一瞬间，我的大脑一片空白。

小宫却仍在电话那头快言快语地解释："对吧，很糟糕对不对？我可是被安藤麻衣子这个孩子眼下的青春气息和她未来的发展前景所吸引的，但倘若引发了一些不对劲的关注，这就和本杂志的编辑方针相违背了。别的不说，她的家人该有多可怜啊！"

"安藤麻衣子是这篇童话的作者，你没弄错吧？"

"除非有另一个同市居住、同年出生、同名同姓的人存在，否则绝不会错。"

听罢，我沉默了许久。小宫那令人忧心的话语仍在耳边回荡。

"喂！你怎么啦？该不会是生气了吧？但你不是从一开始就对这个工作蛮心不在焉的吗？"

"小宫！"

我突然提高嗓门喊了一声，把对方吓了一跳。

"小宫，救救我！我已经不知道该怎么办了，也不知道究竟是怎么回事了！"

听筒那一头，小宫似乎又说了些什么，但我已经听不进耳朵里了。我一个劲儿地嚷着，眼角还不受控制地流出眼泪来。

"救救我，小宫。直子她好奇怪，和平时完全不一样了……"

"我说，应该还是幽灵作祟吧？"静香小声道。她有个习惯，就是爱劈头来个疑问句。见我答不上话，她缩了缩脖子又说："你大概觉得我这么说太不现实了吧。但是除了这一种解释外，我根本没法弄明白小直为什么变成这样啊。"

静香是小宫夫人，和我交情也很深。小宫前一天被我讲的那件事吓了一跳，一大清早就把妻子送到我家门口。她才刚带着成堆的食材出现，转眼就把积压的脏衣物和待洗碗筷整理得干干净净，根本没把我这个连害怕的力气都没有的人放在眼里。她整理完后，便跑去敲直子的房门。

不到一小时，静香就走出来了，看上去显得比我更束手无策。

"你敢相信吗？小直她竟然在抽烟哎。她又不是我家那个傻儿子，怎么就学会抽烟了啊……"

"她抽的什么牌子？"

"卡仕达。不过看她的样子，倒不像是抽得惯香烟的那种感觉。"

在开始挑战禁烟前，我常抽的牌子是柔和七星(mildseven)，所以家里不可能有卡仕达。她究竟什么时候把这个牌子的香烟拿回来的……不，比起这个，直子眼下竟然在吸烟的事实更是怪异离奇。她以前可是一直像个传教士一样，不断对我灌输吸烟的各种危害呢。

"肯定是安藤麻衣子的幽灵作祟啊。当时正赶上救护车开过去对吧？就是那时候了！小直碰巧发烧倒下，那个被害女生的幽灵就附到小直身体里了。哎呀，如今这世道真是乱得很。"

静香所谓"乱得很"，也不知道指的是幽灵作祟，还是过路魔杀人，我也根本没心情和她确认是哪一种。据我所知，她对所有灵异现象一直都持怀疑态度。所以静香越是积极坚持她的"幽灵作祟"说，我越是不安起来。

如果她所说的是事实，那安藤麻衣子究竟想做什么呢？她又想让直子去做什么呢？

还有，她什么时候才会放过直子呢？

我就像个迷路的小孩子，彻底没了办法。

到了深夜，小宫打来电话。

"你还活着吗？"这是小宫开口说出的第一句话，"我老婆说你一脸要死不活的样子。"

"谢谢你太太白天过来一趟，真是救了我的大命……"

这有什么的——小宫用鼻子哼了一声，似乎是要表达这个意思。

"快别客套了，听我说，昨天我提到的那个朋友，他刚才给我打了通电话。"

说起来，前一晚小宫提到，说要仔细问问他的一个做记者的朋友关于安藤麻衣子遇害一案的详细情况。

"情况如何啊？"

听我这么问，电话那头的小宫短暂地沉默了片刻，回答道："今天呢，虽然可能没告诉你，但其实我老婆问了小直很多问题。关于小直她——不，麻衣子她被杀时的一些细节。与记者透露的情况一做对比，说实话，结果甚至可以说令人感到很不舒服。首先是凶器，她说自己是被刀刃长约十五厘米的尖锐匕首刺死的，这和尸检结果完全一致。其次凶手乘坐的车子，警方的确收到了现场附近出现过可疑车辆的目击证据，并且和小直说的车子种类完全一致。"

"报纸上可没写这些啊！"

"当然没写了！因为警方还捂着不让报道出来啊。那个可疑车辆是否和犯罪分子有关还未可知。问题是，小直究竟是怎么知道这些细节的？她当时不在现场就不可能知道啊。"

小宫说话的方式令我感到不安。

"喂，你别胡想八想的！直子那天感冒了，没去上学，她可是一整天都在家待着呢。"

"可是，你出过一趟家门的吧？"

"哦，对啊，是去和你开会了嘛。回家的路上我曾开车路过案发现场附近，距离近得简直让我后怕。那可能是在案发之前了。我到家时，直子当然还好好地待在自己房间里呢，所以她不可能去过现场啦。"

突然，小宫爆发出一阵大笑，那声音高亢得简直和他的矮个头不符。

"你呀！干吗思维提前跳那么远？你以为我在怀疑谁啊？我当然知道小直一直在家了呀。"

"你说什么？"

"当时，就是在和你通电话的三十分钟前，我还给你家里打过电话。小直在电话里说你还没回来，所以我才问你是不是跑到哪儿摸鱼走神儿去了。"

我一下子没了力气。

"当时……车子的轮胎卡进沟里了。"

"卡沟里了，这又是怎么回事啦！"

小宫再次大笑起来。

"我开到一条不熟的路上，结果错过了路牌。本来想抄近道，结果那边是单行道。我赶紧倒车，结果后轮就掉进排水沟里了。"

"原来如此。"

"我卡在那条窄路上，把道堵得死死的。前面过来的车对我狂按喇叭，还有个不知道哪儿冒出来的小姑娘也在嘲笑我……"

突然，我心脏猛地狂跳起来。当时那少女讽刺的笑脸，和突然出现在直子脸上的表情简直太相似了，相似得令人感到害怕。

我当时从车窗探出头道歉，那女孩儿耸耸肩，说了一句"也没办法喽"，便选择了另一条路——那是一条等待着她奔向早夭的黑暗道路。

心脏疯狂跳动的声音宛如奔腾的马蹄声。

我见过那少女。那恐怕就是被杀前的安藤麻衣子。

……很快，在长颈鹿眼前出现了两条岔路。负责带路的蛇一边吐着蛇信，一边如此说道："我只能带你走到这儿了。接下来选择哪条路，由你自己决定。"

紧接着，它便消失无踪了。独自留在原地的长颈鹿十分迷茫。究竟该选择哪一条路呢，它不知道。

"对了！我的脖子这么长，可以用力向前眺望一下，这样就能看到路前方的情况了。"

于是，长颈鹿便努力踮起脚尖想往前看。可是这两条路全都十分蜿蜒曲折，根本看不到前方究竟什么情况。

这时候，长颈鹿又想到了别的点子。它捡了根树枝，摆在路的正中央，让树枝随机倒下。第一次，树枝指着右侧倒下了。稳妥起见，长颈鹿又试了一次。这一次，树枝指着左侧倒下了。第三次，树枝指着长颈鹿来时的道路倒下了。

"这可如何是好啊，看样子只能我自己决定了。"长颈鹿喃喃道。随后，它缓缓地迈出了脚步，向着树枝最先指向的右侧道路出发了。

"别往那儿走！"我大喊着，被自己的声音惊醒。

玻璃长颈鹿选择了一条错误的道路。那条路上住着魔鬼，非常恐怖。而那根帮她做出决定的树枝，就是我。

在玻璃森林里迷了路的长颈鹿，就是迷了路的麻衣子。

"我还不想死呢……"

直子几天前那悲伤的哭喊声，现在仍在耳畔回响。那真的是麻衣子的喊声吗？若是如此……不，即便如此……

"求求你，麻衣子。把直子还给我吧，求求你了……"

而我嘶哑的声音遁入了深夜的虚无之中。

4

"——简直和我亲手害了她一样。都是我的错，所以那女孩儿才会死。"我痛苦地低声说。

"或许是这样吧。"神野老师平静地回答。

听完我的讲述，她竟表现得如此沉着，我不禁沮丧地杵在原地。眼前是一座儿童公园，虽然天气寒冷，仍有几个年轻妈妈带着年幼的孩子在玩耍。

"稍微休息片刻吧，我感觉有些累了。"

神野老师说罢，便在一旁的长椅上坐了下来。我同她拉开了一点距离，也坐下了。

"野间先生，长颈鹿用汉字怎么写呀？我还不会写呢。"

我捡起地上掉的小树枝，在地面上写下了'麒麟'两个汉字。她望着那两个字，用一种仿佛少女般天真无邪的语气说："哇！好难的字啊！"

随后她又说："野间先生，您不觉得人心是很复杂的东西吗，就好像这笔画复杂的汉字一样。"

神野老师捡起那根小树枝，描摹着地上的文字。

"想必您看出来了，我走路的姿势有点奇怪，对吧？因为我腿脚不太好。"

她微微歪了歪头问我。我含糊地点了点下巴。的确，她走路的姿势有点奇怪，右脚似乎在勉强拖着往前走。这一点自我们同行开始，我就注意到了。

"我五年前遭遇了一场车祸，受了伤。"她语气显得很开朗，"我当时坐在副驾驶的位置上，伤得并不重，可是司机却当场死亡了。一般是副驾驶死亡率比较高才对，很奇怪是吧？我们当时只是在等红绿灯而已。等信号灯变绿，准备开车时，对向突然窜出一辆车，直冲我们开了过来。肇事者是个年仅十八岁的男孩，没有驾驶执照，甚至还喝了点酒。要说那场事故还有什么可以算得上侥幸的结果，就是那个男孩儿奇迹般地毫发无伤了吧。"她用指尖将写在地上的字抹掉，"可是，面对这个结果，我根本高兴不起来。我甚至无法将这一切当作运气不佳。我只能一遍遍地在脑海中问自己——为什么，为什么那时候选择了海。"

"海？"

"嗯。那个人问我'是选山，还是选海'的时候，我其实觉得哪一个都可以的，选山的概率和海相同。可是，我却选择了海……于是遭遇了事故，在眼看就要抵达目的地之前。"

"当时去世的那一位，是您的恋人吗？"

"我们本来要结婚的。"她回答。此时本不该笑的她，却露出了一个微笑。

"有时候我会想，如果当时选了山，现在可能也像那些妈妈一样，带着宝宝在公园玩儿了吧……我这个人啊，事到如今还是没能释怀。右脚本应该早就恢复正常了，可却根本不听使唤。恐怕是因为我的内心还被那场事故拉扯吧。这一点，我自己心里也很清楚。人的心，真的很复杂呀。"

我说了些怪话呢——说罢，她又淡淡地笑了。那微笑凄凉极了。

随后，她话锋一转："直子同学现在怎么样了，您不会把她独自留在家中了吧？"

"当然不会了。静香去我们家了。直子从一大早开始就一直在画画，您猜她在画什么？"

"凶手的脸……对吗？"

"您真厉害，连这都猜得到！"

我惊讶地看着她，神野老师则表情认真地回望着我。

"方便让我去您家一趟吗？我必须要拿上那幅画，带直子走。"

"带直子走……去哪儿？去医院吗？"

小宫非常严肃地告诫我：记住，只能截止到二月底。如果二月结束后直子仍旧没有恢复原样，就必须要带她去医院了。

可是神野老师却用力摇了摇头。

"医院，不不，怎么可能。"

"那是要去哪儿？"

"当然是去找警察。"说到这儿，她猛地从长椅上站了起来。

"您在说什么啊！杀人案被害者的灵魂附到女儿身上这种事，您觉得警察会相信吗？"

"应该不会信吧。"

"那又是为什么……"

"野间先生误会了。我说要带直子去找警察，为的不是安藤同学的事，而是另一件，是关于直子自身的事。"

"直子自身？"

神野老师转而向远处眺望，视线落在那些活泼快乐地玩耍的小孩子身上。

"野间先生和五年前的我一样，因为选择了一条错误的道路而追悔莫及。直子现在也正挣扎在这悔恨的深渊之中，才出现了无法挽回的结果，任谁都会变成那副模样的。一切的开端，总是些细碎烦琐得令人生厌的小事。不小心错过的唯一一块路标，决定兜风目的地的那么一句话……而对直子来说，则是因为欠缺一点点勇气，未能说出口的话。"

"您是说，有些话，直子没能说出口？"

我急迫地凑近神野老师，看到她猛地后缩了一下身子，我才注意到自己逼得过近了。我急忙后退一步，等着她的回答。

神野老师近乎是用气声说道："直子对谁都没说……连她的父亲也蒙在鼓里。那一天——二月二十一日，她从补习班回家的路上，突然被一个从车上下来的男人用匕首抵住了。"

竟然是这样？

我惊呆了，当场愣在原地。

为什么，我为什么没注意到呢？我实在是太蠢了……我仍身处震惊之中，凝望着眼前这位身材瘦削的女士。

一切都对上了。那荒唐的行凶是连续发生的——二月二十二日安藤麻衣子被杀案件，和发生在前一天二十一日的案件。凶手最开始的行凶目标，是直子。

这一起从天而降的恐怖事件，直子没能向任何人倾诉。这恐怕是因为她过于恐惧了。除此之外，正如神野老师所说，她也缺少了一点点勇气。于是直子选择发烧，逃进了混沌迷糊的世界。那一晚，还有第二天都是如此。而她从第二天的电视新闻上了解到自己的逃避带来了什么样的后果。除非中途有紧急事件发生，否则电视新闻会一直循环播放，所以在我一觉醒来前，直子已经全都知道了。

不难想象，当时的直子该有多么惊慌失措。前一夜仅仅是听到警车和救护车的声音，直子就表现得那般神经错乱。她最最害怕的事，成真了。

二月二十二日，罪行再度上演，而且和前一夜直子所遭遇的情况完全相同，连场景也一模一样，就仿佛一卷录像带按下了重播键一般。同样的凶手、同样的台词、同一辆车、同一把匕首。不同的只有那凶器所面对的少女，以及少女最终的命运……

倘若直子把遭遇告诉给我，警察便会去调查，附近这一带的住户也会提高警惕，说不定能避免此类事件再次发生——

神野老师平稳地继续讲道："说不定，直子对安藤同学是抱有一种近乎憧憬的感情的。她可能很想成为安藤同学。我有时候看着直子，会产生这样的念头。"

直子很普通，很平凡。可她是我的女儿，我很爱她的平凡。在她的眼中，那个高傲的美少女——安藤麻衣子，究竟是什么样的人物呢？

"安藤同学经常去找我，她是为了去我那里吸烟。"

听神野老师这样讲，我不由得扬起了眉梢。

"在医务室吸烟？"

神野老师轻轻点了点头。

"如果只抽一根的话，我能同意。但相对地，她绝对不能再在其他地方吸烟了。放学之后，她偶尔会过来，也和我聊了许多。"

"直子知道这些吗？"

"嗯。她也是'常客'之一嘛。跑到医务室里来的孩子们有一个共同点——大家都很寂寞。"

她说罢，有些担忧地看了看我。的确，我感觉心被扎了一下。

"那……是因为她没有了母亲的缘故吗？"

"不能说毫无关系吧，但也不全是因为这件事。她这个年纪的女孩子，令人难以置信地纤细、高傲、脆弱。正如您提到的那种玻璃长颈鹿一般，一直都拼命地伸着脖子、垫着脚尖，所以很不安稳，也很易碎，总是深陷迷茫之中。"

听着她的讲述，我陷入思考：人究竟何时才能从未能选择正确道路所带来的挫败感中挣脱出来呢？

最终我们走到了家。面对守着直子、一脸惊愕的静香，神野老师只是微微一笑，便独自走进了直子的房间。那之后，她们二人聊了很久很久。

5

当晚，我躺在床上一直没睡，始终凝望着天花板。这时响起轻轻的敲门声，直子走进我的房间。

"我睡不着……"直子怯生生地说。

我从床上坐起身。

"我也睡不着，正心烦呢。你等一下，我把房间暖暖。"

我急忙去点暖炉。直子在一旁神情恍惚地看着我忙活。

"说是……今天得和爸爸谈谈。"

"神野老师说的？"

直子呆呆地点了一下头，直接坐到了暖炉前。我为她披了一条毛毯。暖炉里的火光照亮了直子的侧脸。

"我呀……其实怕极了。我真的不想死，但是如果遭到强暴，那还不如死了算了。所以我才选择逃跑的。"

"你不用勉强自己和我说这些的……"

可是，听我这样讲，直子却摇了摇头。

"求求你，听我说下去。我现在其实……仍然觉得自己在跑。一直跑呀跑呀，参加运动会的时候从来没像这样去拼死奔跑。我好难受，胸口疼得很。简直想吐……嘴巴里全是苦味，嗓子像要烧着了一样。我甚至还冒出个奇怪的念头——啊，原来胃液就是这种味道的呀。"

我连同毯子一起，紧紧地抱住了女儿。将无可取代的生命拥在臂弯之中，这令我感到无比的安心。

"爸爸，你知道我为什么能逃脱吗？"直子被我抱在怀中，问道。

"那个家伙呀，他其实根本没准备捅我。他没想要杀掉我。所以我才获救了。"

"可是……麻衣子却被杀了。"

听到我这句话，直子打了个哆嗦。

"麻衣她……特别苦恼。她爸爸妈妈在闹离婚，可是两边都想把麻衣抢走。麻衣很爱她爸爸，也很爱她妈妈。不过，她同时也很讨厌他们。她知道，从此以后一家三口再也不能团聚了。可是，她说她真的无法选择，也不知道该如何是好。而且她还说过，想就这样消失掉算了。"

"消失掉……"

我重复着直子的话，心下一惊。

玻璃长颈鹿。透明的心，空虚的心。

麻衣子在玻璃森林中迷失了方向。

她是否也在岔路口呆立住了呢？无法决定选父亲还是选母亲，于是她便用生与死替换掉了天平上的双亲？

"你也这样想吗？你觉得，麻衣是因为这样所以死掉了吗？"

"不会呀。"

我温柔地打断她。没错，本来就不是这样的。

因为，在《玻璃长颈鹿》那篇童话故事里，为了能尽情地用力奔跑，长颈鹿最终安全回到了玻璃草原。

"神野老师说过，人的心就仿佛很难的汉字一样，无法书写，无法阅读，既不是平假名也不是片假名。但是，人的心也正因此才会变强，会拥有很多读法，拥有很多层意思。对吧？"

我兀自滔滔不绝地讲着，不过直子似乎能明白我要表达的意思，再次点了点头。随后，她又淡淡地笑了一声道："今天是二月的最后一天呢。二月真的很短暂，一转眼就错过了。"

"不不，今年可是闰年，二月要到明天才算结束呢。"

我想，正是多出的这一天拯救了直子。二月还未结束，案件也还未解决。

不过，一切都是时间的问题。

直子唇边再度绽放出一个小小的微笑。

"对啊，我竟然忘了，春天还多寄存了一日呢。"

这说法真有趣。我望着女儿已经开朗起来的脸，突然冒出个奇怪的念头。

"我突然有了一个奇怪的想法。"

"奇怪的想法？"

"直子该不会有做女演员的天赋吧？"

听了我这话，直子显得有些别扭。

"我可不觉得自己是在表演呢。"

"好啦好啦，我知道的。"

我不由得意识到自己这玩笑开得有点无聊了。过了半晌，直子突然露出一个小孩子恶作剧般的表情说："爸爸，你知道神野老师的名字吗？叫菜生子哦。菜花的菜，诞生的生，子女的子。"

"真是个好名字。"

"对吧?"直子吃吃地笑着说,"我呀,也突然有了一个奇怪的想法。"

"奇怪的想法?"

"要是爸爸和神野老师结婚的话,老师和我的名字读音就完全一样了呢。很难搞吧!爸爸会怎么称呼我们呢?"

我发现自己的反应比预想的还要慌张,不由得愈加感到狼狈。

"这想法真的很奇怪。"

我这样回答,并有些刻意地清了清嗓子。

直子在我怀中,仍旧饶有兴致地笑着。

三月兔

1

从前一夜开始下起来的雪，到早上已变成了雨夹雪。三天前的降雪厚度已达十厘米，交通情况一团糟。东京要到三月份才会攒一场大雪。为天降大雪感到快乐，早已是少女时代的事了。

从站台的阶梯一路走下来，通过一段狭窄的商店街，路的对面就是住宅区。积雪凝固后会冻成一小堆一小堆的，散落在各处。此时，它们正在雨夹雪的浇灌下逐渐融化。

"小幡老师，早上好！"

几个学生蹦蹦跳跳地跑过来。她们穿着相同的青色制服，梳着同样的两根发辫，双颊因寒冷而染上一抹绯红，看上去简直就像亲姐妹一样。

回应了她们之后，我微微嗔视着其中一个孩子道："喂！你这条围巾不行！违反校规了哦！"

女孩子们瞎胡闹般地发出"呀"的尖叫声，一边喊着"高抬贵手啦"，一边逃跑。那条红色的围巾哗啦哗啦地抖动着。她们大声笑着，打闹着，其他少女也紧追上来。在铅色天空的笼罩下，只有她们手里撑着的伞如同绽放的花朵般鲜艳。

明明已经是高中生了，可是这群女孩子还必须穿一模一样的制服，学校还要干涉她们是否将所有的纽扣都系好了，是否按要求扎好了领带，甚至还会设立更加琐碎的禁止事项，从鞋子到围巾，再到头发的配饰……关于这一点，要说我内心毫不质疑，那肯定是骗人的。可直到去年，学校才总算取消了雨伞的相关禁令。那还是学生们早就通过学生会提出意见，经过种种曲折之后才敲定的结果。

禁令取消后，下雨天的上学路上一夜之间便华丽热闹了起来。不过也正是在同时期，雨伞被偷的情况变多了，而且被偷的都是很贵的名牌伞。

看吧！早就提醒过的。有几名教师这样说。自那以后，一到下雨天，总感觉心情会变得沉重起来。

人行道上积起的雪已经变成了沙冰状。融化的水分又被踩压出鞋印和自行车的车辙印。手指尖冻得生疼。虽然沿着大路一直走是最近的路线，但我突然想起了什么，于是拐了个弯，走上另一条路。目的地的那座住宅就在眼前。宅院被陈旧的院墙包围，极狭小的宅院之中坐落着一栋老旧的木造房屋，以及约七平方米的小院。院子里栽了几棵树，但可能是因为不太能照到太阳吧，生得十分歪斜孱弱。

那是辛夷[①]哦。

以前，我的一位校医同事曾指着那棵越过围墙可以隐约瞧见的树这样告诉我。她纤细白皙的手指指着那棵瘦弱的树木，我看在眼里，却没能做出什么像样的回应，只是默默地眺望着。她看向我这边，微微一笑，仿佛自言自语般说："它会在很早的早春，开出白色的花朵。"

她只说了这么一句话，既没有说"这花真美"，也没说"我好喜欢这种花"。但我却突然非常想来看看它们。

---

① 此处指日本辛夷，花白色。

那是去年年底的事了。

我惦记着花儿可能快开了，但却没什么时间去选择这条和平时不一样的上班路线看看情况，那阵子一直都是手忙脚乱的。估计赶不及了吧，都说它是早春开放的花朵。

我将伞斜倾着，抬头仰望。花儿竟然还开着。或许的确是来看得有些迟了。想必是过了辛夷最美的花期了吧，眼看着花儿就要开败了。夹着雪水的雨滴沉甸甸地坠在花瓣上，看上去就像是长途跋涉之后疲倦至极的鸟群，停在枯败的残枝上休息。

迎面走来一个男人，看样子像个工薪族。他看都没看这边一眼，急匆匆地就从我身边走了过去。或许是因为他每天都在走同样的一条路吧。我猜，他甚至不知道这里盛放着开在早春的短命小花。每日通勤的人实在太忙，哪有工夫驻足观赏呢。

一月走了，二月溜了，三月也过了……

就这样，年年岁岁都在眨眼之间过去。十年如隔世——对于那些十来岁的孩子来说，十年前可算是很久很久以前了。就算是对我来说，十年前，再早一点的时候，我也是年轻有活力的高中生呢。在我心里，这十年真如白驹过隙一般。说起来，那时候的我们和如今的这些孩子真是大不相同。对事物的看法、价值观，乃至在此之前的那些基本常识，都有着极大的区别。

冰冷的寒风扎得耳垂生疼。脑中突然响起几天前自己说过的话："总而言之呢，那帮孩子就是外星人。真搞不清楚她们脑子里究竟在想些什么，怎么说呢……"

"现在的高中女生真是让人无语？"城山爱子替我把话说完，露出一个坏笑，"这句话是康子的口头禅嘛。"

我露出一个苦笑，耸了耸肩。虽然有些不甘心，但她说得的确没错。

只要聊天的话题涉及工作内容，我总是一不小心就开始发起牢骚。就连我自己也注意到这一点了。虽然注意到了……但是改不了啊。

最近让人感到沮丧消沉的事情太多了。比如发生了怎么看小偷都是来自学校内部的盗窃事件，发现了一部分女学生在约会俱乐部工作。还有把头发漂成茶色的孩子、因为小偷小摸而接受德操辅导的孩子。所有这一切，我都会用"真搞不清楚她们脑子里究竟在想些什么，现在的高中女生真是让人无语"这么一句话来收尾。

当然，这些事都属于校长口中"极度敏感的事件"。学校内部发生的这些事当然不应该到处宣扬。在这一层面上，爱子便是一个可以放心讲述的稀罕角色，她嘴巴很严，还和学校完全没有关系。

但是发牢骚这种事，就算是对着好朋友发，它也依旧是不入耳的。我为此狠狠反省，急忙生硬地换了个话题。

"说起来，康子最近如何呀？"

每当提到好友爱女的名字，就觉得心里怪怪的。因为我们名字相同，所以会有点不好意思。当然，同名并不是巧合。

在学生时代，当时还姓木村的爱子对我说："要是我将来有女儿，就请康子你同意我给女儿也起名叫康子喽。"当时听她这样讲，我觉得肯定是在开玩笑，而且还对她突然聊起这么遥远的事情感到有点无语。没想到，爱子本人是认真严肃地要这么做，而且这事情根本不遥远。爱子还在念书的时候就结婚了，还完成了半年后就生下孩子的伟业。当时我们才都只有二十一岁。

我当时的心情，说实话是既惊讶又迷惘，还有些失望的。对于我来说，爱子既是好友，也是独一无二的好对手。不论学习还是其他,我唯独不想输给她。可是每一次我辛苦努力越过的障碍,看上去爱子都是轻轻松松就搞定了的。

当爱子眼中闪着光芒,告诉我她未来的梦想是做老师时,我感觉自己也找到了人生的方向。所以,我认为她结婚生子的行为是极为严重的背叛,至少对于当时的我来说是这样的。

"康子最近好吗?"

"嗯,很好呀。"

从那以后,这样的对话究竟重复了多少次呢?当年的康子还是个小婴儿,如今已经念小学了。每当提起这个和我同名的小姑娘,我的内心就涌起一股复杂的感情,无论我是否承认,这种感情都很容易触动我。

当然,爱子如今仍是我最好的朋友,她的宝宝也可爱极了。和爱子发发牢骚、讲讲心里话,这对我来说都是无可替代的珍贵时间。

令我感到难受的是,我知道爱子如果做了老师,一定会比我出色得多。有时我会迟疑:我该不会根本就不适合做老师吧。

不知爱子这个年轻妈妈究竟知不知道我的这个想法,不过她一直都会对着我开朗地点头。

"她很精神,甚至有点精神过头了呢!最近这孩子突然变得任性了许多,让人烦心。养孩子也不是件容易的事呀。"

"话是如此,但爱子的对手只是一个人啦。我这边可要面对四十个人呢!"

我笑着说完这句话后,突然心下一沉。那一瞬间,胸口仿佛被锐器狠狠扎了一下,痛极了。我用一只手遮住脸,无力地嗫嚅道:"错了……不是四十个人。"

"欸?"

"三十九个人……有一个，已经被杀了。"

2

距安藤麻衣子去世，已经过去快半个月了。或者应该说，才刚过去半个月啊。自己班上的孩子死了，而且是被杀身亡的——听到这个消息的时候，我根本就无法理解对方在说什么。还听说是被过路魔刺杀的，我的大脑已经彻底短路了。

安藤麻衣子非常漂亮，非同寻常的漂亮。她有充分的条件去做个模特或艺人，实际上她也确实被不少星探挖掘过。这是再自然不过的事了。学生之间还言之凿凿地流传"她最近就要出道了"的传闻。不过，那也只是某种带有期许的推测罢了。

"因为在我们这群人里，只有麻衣看上去会出道嘛！朋友是艺人，听着多棒呀！"

这群少女纷纷这样讲。

"怎么个棒法？"

每当这样问她们，少女们就会回答："因为这样就会知道那些明星的住处呀电话号码了嘛！然后，说不定就能给木村拓哉或者稻垣吾郎打电话了耶！是吧！"

这群孩子，简直是太幼稚了。

对于少女们来说，"美"，就是她们绝对信奉的对象。原本，处于从少女到成年过度的这十六七岁的年纪，就算身体健康，外貌也绝达不到她们所期望的"美"的状态。而且这个年纪还是最容易发胖的，只有很少的一部分幸运儿除外。所以，这个年纪的女孩子，都在拼命努力想让自己哪怕再好看那么一点点，看得人简直要落泪。我时常叹息：这份心要是用在学习上该多好。但我知道自己也经历过这样的时期，所以并不觉得她们荒唐，也不会嘲笑她们。

她们坚信，只要拥有美貌，这世上的种种"好处"就可以轻易到手。这种想法虽有些夸张，但绝不能说是错觉。比如说，我就很清楚，自己并不美。作为一个女人，我觉得这是我的不幸。

安藤麻衣子可以说是个命里就带着幸运星的孩子。这一点，我想所有人都会赞同的。可她却被杀害了。她的生命在二月二十二日那一天彻底停摆。

从那天起，又发生了很多事。好几个警察来过了。我是被杀害学生的班主任，他们问了我很多事。媒体方面来的人更多。体育新闻一类的报纸还用上了《美女高中生杀人事件》《惨遭夜路杀人魔刺杀》等格外耸人听闻的标题。电视节目的采访记者堵在校门口高声嚷嚷，逮到一个学生就把麦克风塞过去。还有一个电视节目的工作人员要求大家在被害学生的课桌上摆上鲜花。

"这样比较有感觉。"他说。

虽然这说法过于缺心眼，但我却连发火的力气都没有了。我整晚睡不着觉，食物哽在喉间难以下咽，仅仅一个星期就瘦了四公斤。

"被害的安藤麻衣子同学，究竟是个什么样的人？"

不同措辞，不同提问者所提出的问题，最终都聚集到了这一个点上。我的回答也是千篇一律。

"头脑聪明，为人严谨，在其他同学眼中是非常讨人喜欢的好孩子。"

我的回答十分陈腐，几乎就是在告诉对方"你们想知道的本质问题我根本不了解"。经历了这一遭，我再次意识到了——

虽然是班主任，但是我对学生的认识真的不够深刻。

但是，面对同样的疑问，学生们的回答就比我显得更富有娱乐节目的效果吗？并没有。她们众口一词："她非常漂亮。"

所以最终，我对安藤麻衣子的认识并没有什么变化。

难以理解的是，少女们看上去都非常的愤怒。她们十分隆重地大哭、哀恸，并且愤怒。倘若这愤怒是针对凶手的，我倒是可以理解。但奇怪的是，她们的愤怒似乎是冲着安藤麻衣子本人去的。

"所以我说了很多次了，那些孩子绝对是从火星来的。是一帮子跑来侵略地球的外星人。我真的完全无法理解。说实话，我甚至觉得自己开始讨厌她们了。自从做了老师，就几乎没发生过什么好事。总而言之，我真的不该进女校做老师的。"

这话虽然带点调侃，但其中八成都是真心实意的。干不下去了，我想辞职。这个念头最近一直在我脑子里转。

突然，朋友用手掌轻轻地摸了摸我的头。那种温柔的触感就仿佛在轻声嗔怪我，又仿佛是在鼓励我一般，残留在我头顶许久没有散去。

"总而言之呢。"她就仿佛是用面对自家年幼的孩子一样的口吻道，"我是做不成教师的呀。"

"爱子……"

"生了孩子的第一年呀，我记得自己几乎三百六十五天都在发火和大吼，每天都是那样。理想和现实的差距真的很大呢，连我自己都开始讨厌自己了。不过，总有那么一天两天，我也会发自内心地感到高兴，会觉得有了宝宝真好呀。我想，人或许就是为了这一瞬间才成为父母的吧。康子，你也一定有这样的瞬间，觉得成为教师真好呀，是吧。"

我认真地端详着爱子的脸，眼眶突然一热，有什么东西从双颊滚落。

我不懂。我无法理解。

我一直都将内心的焦躁深深隐藏起来，忍住不哭。而此刻，泪水似乎终于找到了出口，轰轰烈烈地肆意流淌，那气势连我自己也吃了一惊。

"那就稍稍……"我小声道，勉强露出一个微笑，"那就稍稍再加把劲看看吧！"

对呀，现在可不是发牢骚的时候。我得加油啊。为了我自己，为了始终不厌其烦听我倾诉的友人，还有最最重要的——为了年仅十七岁就死去的安藤麻衣子。

眼下可不是逃避的时候。

我转过身，将那片被雪水打湿的、脆弱的辛夷花留在身后，朝着学校的方向走去。

花儿始终默默无语地伫立在枝头，只是人们从不留意它罢了。

3

"小幡老师，请您来一下……"

教室的门开了条缝，新田老师探出身子来冲我招了招手。我给学生们布置了一篇英语作文，随后来到走廊上。要是能把刚教给她们的写作方法运用得当自然是最好的，然而这群孩子的记忆力基本和鸡一样差。

"校长叫您马上过去，我也得去……二年级的所有班主任好像都被他喊去了。"

新田肉嘟嘟的圆脸显出一丝不安的神色。

"really？"同为英语老师，我下意识地顺口回了句英文。紧接着，又压低声音凑近问："校长在想什么呢？难道要我们扔下学生不上课了吗？"

"没办法啊，我只能先把课扔下了。"

我忍不住叹了口气。这种做法可不是最近一两天才出现的。校长这个人，根本不管别人的情况，也没耐心等待别人先处理手头的工作。而且，他虽然总硬逼着大家去展望未来，但他自己却是个毫无远见的家伙。

就在最近这段时间，校长直接开始着手指挥起各种各样的改革，还不惜将我们这些身在教育一线的老师也卷了进来。具体说来，就是要充实英语教育、推进学校的国际化进程、积极导入电脑教学，等等，这种东西如今所有的学校都已经如火如荼地搞起来了，他却才想起来计划。而且既要把支出压到最低，还要立即实现他的计划。像这样勉强员工的想法，对于我们这些实际出力的教师来说真的很难忍受。所以，校长越是情绪高涨，我们越是态度消极。

说白了，就是经营方式不够合理。这几年，我们学校的入学人数一直在下降。这其实本不单是我们学校的问题。毕竟儿童的人数就在显著下降嘛。某本杂志还预言，再过几年，补习学校就要彻底崩溃了，甚至还出现过大学的招生名额比报考人数还多的情况。本来嘛，现实情况就是这样，大家想读的都是名牌大学，并不是随便找个大学就好的。招生一方也会减少招生名额啊。补习学校立即垮掉倒是不太可能，但眼下还是要有足够的危机意识才行。

各种私立教育机构也面临着同样的情况。和婴儿潮那一代小孩学龄时期的情况相比，如今人数骤减的惨状简直令人扼腕。

不过，就因为这种现状，就要被数落"都是像你这种适龄结婚的女性不去结婚才会这样"，那可是绝没什么道理的。想想是谁拿人当拉车的牛马一样，让人连约会都没法好好约的？

"与其坐以待毙，不如奋起一搏啊！"

曾做过社会课老师，极其爱读历史小说的校长，总爱用这种夸张的表现来激励我们。真是烦死人了。我忍不住腹诽。谁会心甘情愿地把自己搞到头破血流，最后挣扎着痛苦死去呢？如果总归要死，我更想躺在床上漂亮又平和地死去。

我让新田老师先走，指示班上的学生们先上自习。

"虽然没多少时间了，但是大家有什么问题现在可以问我。"

"老师，我有问题。"

举手的是成尾沙也加。来了来了。我暗暗做好了迎战准备。这孩子发神经抽风的样子早就成了我们教师办公室的话题。她总会在课上提一些和学习毫无关系的问题，弄得老师们十分困扰。而她本人却根本不是抱着恶作剧的心理，而是十分认真地提问的，这就更让人为难了。

果不其然，她这一次也是一脸严肃地问道："小幡老师，请问您为什么不结婚？"

你问我，我又要问谁去呢？

一走进定好的会议室，房间里所有人的视线一下都聚集到了我身上。我略微瑟缩了一下，找了个空位置坐下。校长瞥了瞥我，煞有介事地清清嗓子。他那副粗框眼镜后面，是一双莫名带点女性气质的、总是在打量对方的细长眼睛。不知从什么时候起，学生给了他一个"长得介于色狼大爷和抠门大妈之间"

的评价。这个形容既让人摸不着头脑，却又隐约让人有点理解。想到这儿，我觉得多少解气了一点。

"总算全员到齐了。"他用略带挖苦的语气道，随后再次清了清嗓子。

"其实，这次是要遗憾地告诉大家，住在附近的居民对我校学生有一些不满。"

"又是走成一横排的事吗？"负责保健体育的石田老师急忙问道。

这家伙是个四肢发达头脑简单的单细胞生物，不过绝不是什么坏人。当然，很可惜，说他"不是坏人"，也就意味着他并不完全符合"好人"的特征。

"那件事可是从很早以前起就提醒学生们了。"他有些懊恼地说。

你们学校的学生总是走成一横排，把很窄的路堵得死死的，特别妨碍通行——过去的确收到过几次这样的投诉。每次遇到这种情况，我们都会提醒学生们走路时要注意别把路堵死，每次学生们都乖乖地答应着，可是情况又根本没有任何改善。

可是，倘若投诉的是这件事，就根本不需要在上课的时候把老师们都叫来呀。尤其是叫来的全是二年级的班主任，光这一点就很奇怪。

果不其然，校长神色冷淡地摇了摇头。

"这次要说的不是这件事，是更加严重，极其恶劣的事。今天早上，有一名身穿我校校服的学生在下电车的时候撞到了一位七十岁的老人，一句道歉都没有就跑掉了。"

"哎呀，这太过分了。"教导主任嚷道。

"的确，不能原谅这种恶行。"年级主任抱起了胳膊。这两人的表现就像在演一出蹩脚的戏剧。学生们形容他俩是"怪兽脸"。他们二人关系很差,有学生说他俩站在一起就是"哥斯拉大战加欧斯[1]"。我记得自己当时觉得这个形容真出彩,还笑了。不过学生给我起的绰号是"小烦大妈[2]",这可让人笑不出来。我坚信她们之所以给我起这个外号,绝不是因为外貌接近,一定是因为我的姓氏和这个词比较接近,仅此而已。

"请问……"我战战兢兢地问道,"只是因为这点事,就把我们都喊来了吗?"

"只是因为?"校长转了转眼珠瞪了我一眼,"她撞的可是个身体虚弱的老年人啊!这难道还不算是极其恶劣的行为吗?"

"当然,您说得对。可现在我们正在上课。如果一件事能让我们都放弃上课,那肯定得是更加特殊的事情吧?而且,为什么专门把我们几个二年级的班主任叫来呢?如果只是因为这件事的话,我觉得很难接受。"

"您不愧是国立大学毕业的才女,真是不同凡响哦。"

校长愈加讥讽地歪了歪嘴。

"那个学生一定是二年级的,因为被撞的老人非常明确地记得那学生领带的颜色,是深红色的。"

服气了?校长仿佛这样说一般,环视几个老师,随后稳稳地将视线停在我脸上,慢悠悠地又补充道:"而且,还有件事非常棘手呢……那老妇手中的行李被撞得摔下了月台,里面的东西都撞坏了。"

"是什么东西呀?"新田老师声音细如蚊蚋般问道。

---

[1] 特摄电影加美拉系列中的怪兽。
[2] 文中"我"的姓氏"小幡"(obata)和一九八八年开始连载的漫画《オバタリアン》(obatarian) 的前三个音一致,该漫画标题形容的是厚脸皮的中年女性。

"据说是一件祖传古伊万里壶，价格不低于百万。"

4

我们学校的制服是蓝色的双排扣短西装配格子花呢百褶裙。这个设计要比之前的那一套雅致漂亮得多了。西装里面配上学校指定的白色衬衫，打好形状的领带则要别在领口。领带的颜色按学年区分。现在是三年级橙黄色、二年级深红色、一年级苔绿色。每一年这三个年级的领带指定色都会错开，所以学生们在三年间始终都会戴着从入学开始就定好的那个颜色的领带。有趣的是，不论哪个学年的学生，都觉得自己领带的颜色是最难看的。

不管怎么说，这事情可真是难办了。

据说那位老妇非常愤怒，似乎还有可能去提起诉讼。她会这样做倒也可以理解，但同时我又忍不住想发句牢骚——她干吗要拿着那么贵重的东西在外面晃悠呀？更让人头疼的是，她甚至都没为这只壶上任何保险。

"大家听清楚了吗？要立即、马上！找出这件事究竟是谁干的。不然就没法解决了。"

校长还是老样子，如此随意地就给我们布置任务了。我看他才是立即、马上！要将"学校对个人"的事件，迅速甩锅成"个人对个人"的事件吧。之后就是要让当事人双方去对话，聊出一个彼此都能接受的结论。

走出会议室后，所有老师仿佛事先商量好一般，齐齐叹了口气。

"我还以为校长这次一定讲的是那个报告书的事情呢。"新田老师小声对我说,"所以我特别慌。"

新田老师说的是校长要求我们提交的一份报告,内容是尽情讲讲长期展望和对学校运营的意见。而且校长提这些要求的时候,我们正被期末考试的出题工作和入学考试的准备工作搞得焦头烂额。

"特别慌……你究竟写了什么呀?"

新田老师难为情地低下了头。

"就是……呃,就是老老实实把自己的想法写出来了……"

"你是写了批评建议,对吗?"我猛地皱紧了眉头,"怎么这么傻,写了批评建议不是正中他下怀了吗?"

校长的用意非常好懂。他就是想重用追随、逢迎自己的人,彻底无视那些持批判态度的人。所谓报告书,不过就是基督徒的踏绘①罢了。

"什么中不中下怀的,我其实是做好了撞枪口的思想准备的。"新田老师表情悲壮地说了这么一句话,便转身回自己班上去了。

她的心情我非常理解。不过说到那只伊万里壶,也真是太棘手了。

我看了一眼表,离休息时间还有段距离,暂且先回班上接着上课吧。

走在半路的楼梯上,就已经能听到女孩子们在大声说话了。看来整个二年级都进入了无人看管的散漫状态。我那个二班自然也一样,吵得像一群蜜蜂,不,像捅了马蜂窝。我原本想突

---

① 踏绘是日本人在德川幕府时期发明的仪式,目的是探明外人是否为基督徒。踏绘有背弃基督教的意思。在禁止基督教的时期,政府曾经下令所有教民踏绘以示叛教,违抗者要被处刑。

然拉开门,可正凑近教室时,却突然十分清楚地听到了零星几句对话。

"而且嘛,那个老太太也真是的,冲我这边看的眼神超可怕呢。"

原本伸向门把的手,顿时定住了。

"我有什么办法哦,我又不是故意的……还不是那个大叔的问题!我看他是脑子有病吧。"

我立即分辨出了说话的人是谁,那个有点沙哑的声音,绝对是川岛由美。听上去措辞挺恶劣的,但这种说话方式在如今的孩子中可不算罕见。不过先不说这些……

我自己也注意到自己的心跳正在加速。现在听到的这对话,该不会就是……

"一大早就气死了,真的。"

"先不聊这个了,由美。"另一个兴高采烈的声音响了起来。应该是成尾沙也加。"跟你讲,就我之前提到的那个,每天早上在电车里见面的男生,其实今天早上也……"

我做了个深呼吸,猛地推开了教室的门。整个教室的嗡嗡声戛然而止。三十九条深红色的领带直直转向我这边。

我知道,想追问川岛由美的话,必须趁现在。可不知为何,我完全说不出话来。大概是见我直勾勾地盯着她吧,川岛由美一脸疑惑地望着我,那双眼睛没有一丝邪气。川岛是个运动能力不错的高个少女,出身普通工薪家庭,有一个在念私立大学的哥哥,所以她们家也还在凑学费和还房贷的深坑里挣扎……

"请同学们打开教材。"将视线从川岛由美脸上挪开,还是费了点力气的。我尽量假装冷静道:"我们继续上课。"

5

　　接下来的几天无事发生。或者反过来说吧，无事发生的日子仅仅维持了几天。

　　当时我正在削铅笔。我握着小刀，一根一根认认真真地将铅笔屑削到纸巾上。

　　明明有电动转笔刀，还非要动手去削，这单纯是一种逃避行为。我有个坏习惯，每当不得不面对讨厌的工作时，我就会下意识地开始投身这种简单的手工劳动。

　　我的日程表上还是合理安排了一些空余时间的。原本将这些时间都用来休息就好，但世上自然没有这种好事。也不知从何时起，要在休息时间处理的工作越堆越多，而眼下亟须处理的，就是要填写在期末发给学生的通知单。

　　写这玩意儿真的让人打不起精神。学习成绩不理想，这种事情对学生本人来讲自然很难受了，但是对于打分的老师来说，心情一样十分沉重。也不知道学生们是否明白这一点。

　　如果可以，我恨不得一口气削他一百根铅笔。可惜眼下早就进入自动铅笔鼎盛期了，根本就用不了几支铅笔。当仔仔细细削好最后一根铅笔后，我发现窗户外面好像有什么东西在飘舞。靠近窗边仔细一看，在窗框附近停着几片花瓣，花瓣是深粉色的，中心部分则是白色。

　　为什么会有花瓣？

　　好在中庭是用混凝土浇筑的，我脚上还踩着室内鞋，就这么走到了室外。没错，又有几片花瓣被风吹着，悠悠荡荡地从我的鼻尖飘过。

　　我抬起头，夹在两幢教学楼中间的一片天空映入了我的眼帘。细碎清淡的浮云就仿佛淤水处漂着的星点树叶一般。我追着云彩流逝的方向看，不知不觉间呆呆地张开了嘴。

从屋顶的扶手那儿，能看到随风飘动的格子百褶裙，还有裙摆下的两条腿。

突然之间，我想起刚才那个花瓣应该是来自长在校园正门花坛里的瓜叶菊。这种花样貌可爱又好养，不过绝不能用在探望病人的花束里。

因为瓜叶菊（cineraria）的前两个发音，和"死（shi ne）"相同。

这不吉利的联想，已经足够我想象到最可怕的情况了。我无声地惊叫，接下来的那一瞬间，我放下一切思考，飞奔向教学楼。

我一边大步飞跨上楼，一边心悸得几乎要流下眼泪。总算跑到屋顶了，感觉心脏险些爆炸。我迅速调整着呼吸握住了门把手。平时很少开关的门闩发出刺耳的吱嘎声。

正前方约十米开外的扶手上，一个学生正背对我这边坐着，手中握着一把瓜叶菊，花瓣几乎都被揪光了。似乎被开门声吓了一跳，她的身体稍稍歪了歪。那一瞬间，我感觉浑身都凉透了。对方稍回身一看，认出是我后露出一个淡淡的微笑。

"小幡老师，您怎么了？"

她看上去仿佛坐在公园长椅上一般放松。

"还问我怎么了，你这孩子……"

我顿时语塞。

坐在那儿的竟然是我自己班上的孩子，野间直子。成绩中上游，迄今为止从未惹过麻烦，从学校的角度来看，她是个极标准的"好孩子"。

"野间同学,你在干什么,现在正是上课时间吧?"

其实究竟是不是正在上课并不重要,但是这句话还是最先从我嘴巴里溜了出来。

"老师,你说,如果我从这儿跳下去了,你会不会很为难?"少女不断地重复道,"会不会很为难?"

她一边说着,一边仍旧一片一片地揪着手中剩下的花瓣,扔进风中。这动作像极了用花瓣占卜,但这少女怎么看都不像是在占卜爱情。

不是在问"喜欢"还是"不喜欢"的话,那代替这两个词的会是什么呢?

"死"还是"不死"?"跳下去"还是"不跳下去"?

我被自己的想象吓得寒毛直竖。

"你不会跳下去的吧?"

我慢慢地向她靠近,感觉我们两人之间仿佛扯着一根细丝线,而我正踩在这根线上。

"有时候,在车站看到电车入站的时候我也会想,要是这时候跳到轨道上会怎样?还有,走在过街天桥上的时候,看到桥下车来车往,川流不息,我也会这么想,总是不知不觉地就会这么想……"

"你该不会……你难道是想死吗?"

还有五米。

"麻衣,她为什么就死了呢?"少女一边把玩着花朵的茎秆,一边喃喃道。

我心下一惊,停下了脚步。

"安藤同学可不是自己去寻死的呀,她是被人杀害的。警察一定很快就能抓到凶手了。"

"也是哦。不过,其实都一样吧?被杀和自杀,最终不都是消失不见了吗?"

野间的口吻显得很老成。消失,不见。我咀嚼着少女的这句话。该不会是我思虑过度吧?我竟觉得那悲叹之中,仿佛还带着些羡慕。

小孩子越来越少了,就像用刀去不断削尖的铅笔头。能看见的只有每况愈下的未来。

或许想坚持不折断,反而更难。

这和步入社会后我所感受到的那种不安其实有些相似。进入某个组织,开始劳动,这就好像在努力攀登一座金字塔形状的山,一刻不得歇息,也根本没有时间停下来思考,只能埋头苦爬。一边经历辛苦,一边心中惴惴不安——说不定前方根本就没有自己的一席之地呢?

我始终紧紧盯着险坐在扶手上的少女。意外地,她显得很平静,目光透露出安稳。

"抱歉,老师。"她把揪得基本只剩花萼的茎秆随手一扔。

"我没想要跳下去。我只是在想,死,究竟是一种什么样的感觉呢?"

说到这儿,少女轻盈地蹦了下来,她没有蹦向遥远的地面,而是蹦到了屋顶的一片平坦的水泥地上。

我不由得双腿一软,跌坐下来。

"老师,请问您为什么不问问我们呢?"少女轻轻坐在我面前,微微歪着头问道。

"问什么?"

"就是那个碎掉的壶。其他班上的同学说,她们都被班主任问过了,但是老师没问过我们,是因为您相信绝不是我们班上的同学做的,还是?"

"你觉得呢?"

我之所以反问野间,是因为不想让她明白我的真心。然而少女却小幅度地摇了摇头。

"我不知道老师您是怎么想的,但是,一定不是我们班的同学做的啦。"

"欸?"

"神野老师是这么说的。"

"神野老师?"

她说的神野老师,就是某次告诉我那座院子里种了辛夷的同事。她是我们学校的校医。

"是啊。"少女开朗地点了点头,"所以,您完全不用担心啦。"

野间直子站起了身,又低下头道:"看样子我吓到老师了,真抱歉。我没有什么不对劲啦,马上就会好好返回教室上课的。"

"野间同学……"我喊住了正要离开的野间直子。

"我其实不太明白。安藤同学去世的时候,大家都哭了对吧?肯定是因为悲伤,这一点应该错不了。但是我又觉得不仅仅是悲伤,大家看上去似乎还在生气……而且不是在生凶手的气,而是在生安藤同学的气。那是什么意思呢?是因为安藤同学那样魅力出众的人,竟然没有平顺幸运地走下去,真是令人不敢相信,所以才生气吗?是因为不愿被自己一直深信的东西所背叛,所以才生气吗?"

那种失望的感情,我似乎也曾对爱子产生过。那时,我对突然发生的一切感到惊慌和迷茫。与此同时,我的情绪之中也的确隐藏着一些类似愤怒的感情，不是吗？

在安藤麻衣子死亡的同时，少女们的内心也实实在在地萌生、成长出了某些情绪。

那种情绪和我对爱子的小小康子所产生的些微情感无法相比，它是一种痛苦沉重的不安。不过，这两者之间的底色却又十分相似。

野间直子沉默了片刻，但很快抬起头来，用一种略有些冷漠而扫兴的语气回答道："大家其实也不太清楚自己的想法。我也是……小幡老师不也一样吗？"

见我答不上话，少女又淡淡地笑了。

"对了，今天发生的事情，还请老师不要告诉我爸爸好吗？他那个人特别容易焦虑。"

虽然她的语气带着点开玩笑的感觉，但是表情却显得认真极了。少女下定决心一般，再次对我点点头，然后小跑着离开了。

我走向野间直子刚刚坐着的那段扶手附近，抬头看了看天空。

或许那儿是思念被害的安藤麻衣子的最佳场所吧。

——离天空最近的地方，也是同死亡最亲昵的地方。

虽然有些不理解，却又隐隐明白这种感觉。

我如此想着。

6

当我提议一起回家时，神野菜生子并未表现得多意外。

神野老师身上总有些不可思议的地方。她既能和教师群体打成一片,又能和他人保持一定的距离。她的长发始终平淡地在脑后扎成一束,身上没有一件首饰做装饰,也几乎看不出她化了妆,但她总不时地给人一种十分惊艳的美感。

我知道有不少学生特别倾慕神野老师。野间直子便是其中一个,被害的安藤麻衣子也不例外。

"小幡老师最近也一直很忙嘛。"正要走出校门时,神野老师说道。

"嗯嗯,没办法,三月份对于教职工来说就和年底一样忙嘛……而且越是这种时候,越是有各种各样的事要处理。简直就像《爱丽丝梦游仙境》里的那只兔子一样,每天就是奔来走去,嘴里一直念着'忙死了,忙死了'。"

"那兔子是叫三月兔吧?"神野老师忍俊不禁道,"说到这儿我想起来了,那是小学几年级来着?我们音乐课上学了《三月兔》这首歌。那首歌的歌词里确实出现了'兔子',但是'三月'可一次都没出现呢。我当时觉得好奇怪。后来有一天我终于明白了,那首曲子是歌曲集中的第三首,名字叫《月兔》。那个三,只是个编号而已。老师只把那一页复印下来发给我们了,所以我才一直都没搞清楚呢。"

"你说的那首歌我有印象哎,讲的是兔子看到有个老爷爷要饿死了,就舍身跳进火坑里想烧死自己,把自己的肉留给老爷爷吃。但实际上那个老爷爷是神仙,他令兔子的灵魂升到了月亮上。所以如今我们还能看到月亮上有一个月兔的影子,真是可喜可贺……是这个故事吧?"

大概是对我这种毫不委婉的讲法感到奇怪吧,神野老师又笑了笑。至此,我终于鼓起勇气问道:"那个……我想换个话题哦。最近发生了我校学生把老人的壶撞碎的事情……然后,是神野老师说,这件事不是我们班的学生做的,对吗?"

"是野间同学告诉您的?"神野老师缓缓回应道,"我说的和她告诉您的还稍有些不同。我其实说的是——不仅仅是小幡老师班上的同学没做哦。"

"那您的意思是,撞到老人的不是二年级的学生,还是说,干脆就不是我们学校的学生?"

"不,说不定根本就没人做这件事。"

她的语气就仿佛在讲一件极度理所当然的事情,就像二月之后跟着三月一样。

"您为什么会知道呢?"

"因为被撞到的那位老人说,她看到了深红色的领带。"

看着我歪头疑惑的模样,神野老师露出春日暖阳般的微笑。

"小幡老师,今天很暖和,是个仿佛春天一般的好天气对吧?但是那一天可不是这样的哦。那天一早就下起了冰冷的雨夹雪。所有学生,一个不落,都穿上了大衣对吧?校规上有一条,要求'大衣扣子必须全部扣紧'。但就算没有这条规定,在那样寒冷的天气里,大家也都会扣紧扣子的吧。老人怎么可能看得到领带的颜色呢?"

那一瞬间,我惊得张开了嘴。

"就是说……那个老婆婆说谎了?究竟为什么要……"

这个问题问到一半,连我自己也反应过来了。她不是说了吗,那是报价百万日元的壶。

"为了钱……是吧。"我苦笑着说,"突然觉得自己太傻了。总想着现在的这些孩子,就算做了这种事也不奇怪,不,我甚至觉得她们特别有可能做出这种事来,所以根本没有怀疑过事情的真伪。岂止如此,我甚至还怀疑自己班上的孩子……"

"小幡老师该不会是在学生自习的时候听到了川岛同学的话,以为是她做的,才这么担心吧?这件事我也听野间同学提到过,不过川岛当时聊的完全是其他话题啦。"

听神野老师讲,川岛由美其实是在挤满人的电车里遇到了骚扰狂,于是拼命地朝反方向躲闪,结果却被边上的一个老太太瞪了,还被训斥"挤什么挤"……总之,就是这么一件事。因为实在太过巧合,而且我也只听到一部分内容,所以才误会了她。

我松了一口气,但同时也有些迟疑了——这整件事,不就和神野老师说的那个《三月兔》的故事一模一样吗?

"神野老师,我真的彻底没自信了。我觉得自己就只会一个劲儿瞎忙瞎跑,像个傻子一样。神野老师只在校医务室里工作,却能清楚这么多事。"

"因为我一直都在校医务室待着呀。"神野老师有些害羞地微笑道,"总有同学来找我,大家会跟我讲各种事。其实,也就是如此而已。"

"对如今的小孩,神野老师就没有不理解的地方吗?"

"就算有不理解的地方,但也一定有理解的地方,不是吗?"

听了她的话,我不由得停下了脚步,目不转睛地望着神野老师的脸。随后,我重重地点了点头。

"是啊,您说得对。"

7

那天,我在走廊上踱来踱去,有些忧愁。之所以情绪低落,不单是因为臂弯里夹着的通知单,我脑海中还一个劲儿地浮现出校长那令人厌恶的眼神。

因为摔壶事件很有可能是一起恶性欺诈事件，所以应该上报给警方——听到我这番建议时，校长那双藏在镜片后的细长眼睛，有些微妙地斜了一下。看到他那表情的一瞬间，我心中的疑惑开始逐渐发酵。

该不会，是校长在说谎吧？

不是说这件事全都是凭空编造的，但是，倘若校长从一开始就知道这就是一场欺诈呢？倘若唯独"深红色的领带"这部分，是校长编造的呢？

学校已经显而易见地陷入了经营困难的境地。不论哪一所学校，经营者最先考虑的一定是裁员。学生的人数已经在减少了，那么干脆裁掉一两名教师，对于学校来讲也是不疼不痒的了。问题就在于，要想叫停每年更新一次的合同，就需要一个比较像样的借口。

以安藤麻衣子事件为先，最近二年级学生的问题是最多的。要是能在这个基础上再小做手脚，说不定就能成为压死骆驼的最后一根稻草了。

这番想象实在有些冒傻气，简直就像是在台阶上扔了块石子儿，然后守株待兔，等着有人被绊倒一样。所以，它也只能停留在讨论"可能性"的层面上了。

但是……

我摇了摇头，站住了。总之，先把通知单发给学生，再来一番严厉评价才是首要任务。

我站在二年级二班的教室前，感慨了片刻。今天是最后一天在这间教室，为这个班上课了。从明天开始就放春假了。

"大家好哇，我有个超级大礼物要送给大家哦！"我推开门，精神满满地大喊了一声。

"好耶！"教室里传出一阵欢呼。我将怀里的纸卷一下摊到讲台上："是通知单哦！"顿时，欢呼转成一片惨叫。

"那个，小幡老师……您先等等。"野间直子一边说一边站起了身，"我们也有礼物要送给您。"

说罢，她从桌子下面抽出一束奇奇怪怪的花。

怎么形容呢？一打眼，就仿佛被乱哄哄的色彩冲刷了一番似的。再仔细一看，里面有小苍兰、郁金香、水仙、香豌豆、矢车菊、金鱼草、玫瑰、康乃馨、紫罗兰、满天星、银莲花、大丁草……还有其他不知道名字的花朵，颜色丰富，尺寸各异，热热闹闹绑成一束，用红色蝴蝶结扎了起来。

"我们一人买了一支哦。"野间直子骄傲地说，"一共是三十九支。虽然有点不好拿，但这是我们全班的心意啦。"

"那个……因为麻衣的事，还有别的一些事情，小幡老师一直都挺没精神的对吧？"

说话的是成尾沙也加。

"所以我们希望老师能再打起精神。"

"小幡老师，加油！"川岛由美说。

其他女生也开始七嘴八舌地说起来。

"考试成绩再给高点啦。"

"早点儿结婚哦。"

"别总发火啦。"

"被哥斯拉他们欺负也别哭哦。"

"啊，老师她感动了，她感动了！"

"我们呀，我们可都是好孩子呢。"

野间直子有些焦急地将花束塞到我手中。

"这阵子让您担心了,真的对不起。这束花是代表我们所有人的,这一年多谢您的教育,小幡老师。"

我愣愣地看着眼前这束多彩鲜艳的物体,它是那么的杂乱无章,支离破碎。

我可是个冷酷的女教师呢,才不会被这种手段给蒙骗过去。你们肯定又要捅出什么娄子,闹得我东奔西走去处理,说不定还要闹得警察也出动了。于是我一天天地大吼大叫,还要被你们笑是歇斯底里大妈,是"小烦老师"。要被校长嫌弃,被教导主任和年级主任呵斥,还会被家长找碴儿。你们这群小孩儿,稍微说个两句就会哭鼻子,一会儿没看住就要恶作剧,记性差得和鸡有一拼,明明记性差,却又很记仇,傻得可以,但又总是很狡猾……

我扬起下巴,接过了野间直子递来的鲜花。三十九支,乱七八糟的花。这花朵简直就和你们一模一样呀。

和你们相处的这一年,根本没有一件好事。就算很偶尔地开心那么一下,后面紧跟的一定是能把那点快活全都抹掉的闹心事。接下来的三百六十五天也一定,一定是这样……我非常明白,光是一束花,怎么可能感动得了我,这种程度……

不知为何,眼前的这三十九支色彩绚丽的花朵都微微摇摆起来。

那花束背后的三十九个天使的脸庞,个个露出害羞的微笑。

忧郁腊肠犬

1

要是能一夜之间变成一只灰猎狗就好了。大麦町也不错，或者波音达、杜宾，都可以。要是能变成那种体形纤细精悍，腿长而强韧的猎犬就好了。

一边想着这些荒唐得近乎做梦般的事情，一边熬到大半夜才睡过去。

大雨敲打着玻璃窗。

不知从哪个遥远的地方传来铃声。

大宫高志在被窝里舒服地尽情打着盹。七点钟左右时他醒过一次，发现外面下雨了，便就地睡起了回笼觉。第二次唤醒他的是电话铃声。他本来以为这阵铃声也会停止的，却没想铃声很快又化作走廊上啪嗒啪嗒的奔跑声。

"高志！高志！出大事了！快起来！不许再懒洋洋睡大觉了啊！"

随着响彻整个家中的高亢喊声，妈妈静香猛地推开门冲进来。

"怎么了啊，大清早的，好吵……"

高志的声音里带着半分睡意。感觉对方嚷得仿佛发生什么地震火灾了一样。要是着火了确实难办，不过倘若遇到地震，那自己就这样躲在被窝里，说不定也能熬过去。

"你说什么呢？快接电话啊，接电话！"随后，静香有些刻意地压低声音，在他耳边小声道，"是女孩子打来的，三田村家的，美弥。"

高志还未听妈妈说到最后就从床上一跃而起，从她手中抢过分机，按下通话保持的按钮，耳朵贴到机子上，但是却什么都没听到。他呆愣地回头看着静香。

"你该不会，没按通话保持键吧？"

"别担心，我手攥得紧紧的呢。"

一年前，这台兼有传真功能和分机的电话亮相大宫家，静香就只学到了一点，那就是随便乱按会把电话挂断。主机虽然在爸爸房间里，但是静香可以从分机接电话，再转给主机。可静香每次都捏着分机疯狂地跑。毕竟，她至今连电视的录像功能都不会用呢。

高志在内心高呼"快饶了我吧"，随后指手画脚地把妈妈赶走，再次按下电话的保持键。

"喂，喂？久等了。"

声音有点尖得过分了，几乎可以引发雪崩。从静香那个慌张劲儿也能看出，迄今为止，高志的确从来没接到过女孩子打来的电话。

再说，三田村美弥又有什么事找他呢，而且是这么一大清早？

想到这儿，他瞥了瞥表。八点半。从妈妈的角度来看，这个时间还在睡觉，实在是过分了。但是说到给别人家打电话，这会儿还有些早。究竟发生什么了？

这一瞬间，他想了很多。就在他想着先问候一声"早上好"吧，刚刚摆出"早"字嘴型时，对面发出的声音却令他整个人当场凝固了。

"早上好呀，高志君。"

对方抢先自己一步出声了。那声音倒是开朗得很，但是跟三田村美弥可以说是八竿子打不着，因为那是个男人的声音。

"哇哈哈哈哈哈，是不是吓一跳？是你爸爸我哦！不是来自美弥的电话，真可惜呀。"

因为过度松劲，手中的电话咚地落到了地板上。那得意的笑声仍能够远远地从听筒传出来，钻进高志的耳朵。

真是的，老爹怎么这样。

明明总是忙得团团转，但唯独在耍儿子这方面有的是时间。

高志无视那电话，走去了起居室。这回换成静香挥着手里的汤勺，兴高采烈地追上来道："哎呀，被骗啦？这贪睡虫！这回醒了吗？"

父母都是这种不着调的性格。高志连生气的劲儿都没有，发出本月第一声大大的叹息。

四月——

在高志心里，四月是一年之中最让他郁闷的一个月。对于他来说，新学期，就是郁闷的代名词。也不知是幸运还是不幸，过去一整年都没适应的这个班级，在三月把他给蹬了出去。到了四月，学校分班又是一番随意大洗牌，他被分去了另一个班级。一想到那封面无一丝折痕的崭新教科书，他此刻就开始感到烦躁。因为在每页教材的余白上，都用看不见的墨水满满印着：

去学习！去学习！明年就是高中升学考了——

那必将到来的考试已经进入倒计时阶段。难得一个没有作业的春假，开开心心，快快活活的日子也顶多到三月中旬。进入四月的瞬间开始,那颗细小不安的种子便突然破土发芽。眼看这植物迅速长大,很快,它的根茎便会长出紧张的尖刺,生出繁茂的、迷茫的叶片,最终开出忧郁的花朵。

高志最讨厌的就是四月。

说起来,那个什么愚人节的恶习,究竟谁发明的?真是又诡异又给人添麻烦。就因为有了愚人节,高志年年都要遭殃。每一年他的爸妈都会合伙琢磨出一个令他感到无力的陷阱骗他。虽然次次都稳稳入坑的高志也有点太疏忽了,可是爸妈愚弄他的手段一年比一年高明,这也是事实。像今天早上这种,趁人睡得迷迷瞪瞪的时候下手,就算不是高志,大部分人也会直接上钩吧。

"差不多得了,别再拿你们儿子闹着玩儿了好不?"高志叹道,随即板着一张脸坐在了餐桌边。

静香将海带豆腐味噌汤端到儿子面前:"啊哟!是我们陪你玩儿好不好呀!投喂睡蒙了的儿子,还陪他玩耍,我这妈当的,真是妈中明镜呢!"

嘻嘻嘻嘻——静香说罢还故意用手挡着嘴巴笑起来。母亲的身型真是又小巧又圆润。

我看这个"镜",是和镜饼的"镜"搞混了吧[①]。

这句招人嫌的话,高志随着早饭一起咽下了肚。

呸呸,不可说不可说。

最近,静香对自己长胖的事十分在意,要是一个不小心触到她的痛处,就一定会遭受机关枪扫射般猛烈的反击。总而言之,想争辩得过这个开朗又能说会道的母亲,是根本不可能的。

[①]明镜原文"かがみ(鑑)",意为榜样。而镜饼的"镜"也读作"かがみ(鏡)",在这里作双关语。此外,镜饼是一种扁圆形年糕,这也正"影射"静香的身材小巧而圆润。

"但是你们为什么非得说是三田村嘛。"

冷静下来想想，她怎么可能会给自己打电话呢。

"哎呀，你不是最近还一副了不起的样子，直接喊人家美弥的吗？"

静香咯咯笑着，把水壶推给高志。

"菜要是咸了就干脆泡汤吃吧？"

明知道高志不怎么爱吃，但他家的饭桌上总是有超级咸辣口味的鲑鱼。因为那是父亲的最爱。

高志把鲑鱼夹到饭上，又自暴自弃地转圈向碗里浇热水。

"说什么最近……那都是小学时候的事了啊。"

三田村美弥从出生就住他们家附近，两家的父母也有交流，所以他们俩属于那种常见的青梅竹马关系。一直到小学三四年级，他们两个人还在一起玩得不错，不过很快就分别开始和自己的同性朋友玩得多起来了。到读初中时，两个人又分在不同的班级，干脆连话都没说过了。在高志看来，这属于非常自然的变化过程，关于他俩的关系，高志并没有什么特别的情感掺杂。

不过，静香却有完全不同的看法。

"哦！看来你还是想着她！"

她乐在其中地嗤笑起来。

求你了，别再说这些了——就算高志这样请求，静香也绝不会罢休。静香的反应只会和他说"我讨厌吃咸鲑鱼，拜托下次别做了"时一模一样。

她就只会用一种听到了荒唐话般的表情，睁大眼睛回道："你好任性！"

究竟是谁任性哦。高志叹息着这样想。当然，这句话他也只能硬咽回肚子里。

他突然想起刚开始学英语没多久的时候，某个恶友讲的无聊玩笑——

She is my mother.

她是我妈（她好任性）[①]。

这虽然是一句无聊老笑话，但高志就是下意识地代入了自己。该不会，全世界的"妈妈"都是一个样，都让人感到有点烦恼和无奈吧。

其实，令高志在四月感到忧郁的原因，说到底静香也要占一半。说得再明确一点，就是父亲、母亲，各占一半。

为什么呢？因为四月有那个要命的身体测试啊。

反正只要他没在一年之内长高十厘米，身高测量对于他来说就是极度痛苦的一件事。因为高志是全班男生里最矮的那个，就连女孩子都有好多比他高的。

自从稍稍掌握了点遗传学的知识，高志再去看自己的父母，就仿佛看到大写的"绝望"二字并排站在那里冲自己眨眼。

他不由得想到了"跳蚤夫妻"这个词。

你们俩或许都是出于自愿才一起生活的，但是多少考虑一下自己的孩子有多惨好吗？而且，"大宫高志"这名字也不咋的。又大，又高？"高"个屁啊，我不是"矮志"吗？起这种名字简直就是送人笑柄。

当然，这些想法他不会当面告诉双亲，就算说了也无法改变什么，只能时不时叹息那么一下两下，反正叹气又不遭天谴。

就着咸汤，高志将最后一片鲕咸的鲑鱼塞进嘴里。此时，

[①] "我妈（我がママ）"和"任性（我儘）"的读音都是"わがまま（wagamama）"。

电话铃声又响了起来。哎哟哟,静香念叨着站起身。她拿起电话,表情突然变得讶异极了。随后她冲高志招招手,有意凑到他耳边悄声说:"是三田村家的美弥打来的哦,说是要你接电话呢。"

这次应该不是愚人节整蛊了,因为静香的双眼此刻正闪烁着好奇的光。

高志宛如宕机了一般接过电话。

"喂?"

高志感觉自己的声音听上去畏畏缩缩的。这时,暂时(可能是暂时)保持冷静的美弥突然大叫起来:"高志君?求求你!快救救我!我遇到大麻烦啦!!"

2

在四月那密如牛毛的雨幕中,高志狂奔得宛如一颗子弹。矮小的高志身体藏在黑色的雨伞之下,被伞面遮得严严实实,看上去宛如一朵巨大的香菇在高速移动。

Mia是高志读小学的时候和美弥一起捡到的小猫。没错,那天也是下着这样的大雨。见到那只害怕得喵喵叫的小白猫,他们就不忍心再置之不理了。但是大宫家住的是集体公寓,所以他从一开始就知道家里是不能养小动物的。美弥家则是在原本只能建一栋住宅的区域里硬盖了两栋,居住的局促程度和高志家不相上下。可是再怎么说,美弥家也算独门独户,还是她家更有希望收留猫咪。

"小猫?我倒是不讨厌猫啦……但是你看,我们家连个院子都没有。"

美弥的妈妈有些为难，但最后这只小猫仍然成了三田村家的一分子。倒不是因为两个孩子说服了大人，而是他们两个大哭的样子实在令人不忍。

"我给它起名叫Mia啦。"几天后，美弥这样告诉高志。语气既有些害羞，但又带着点得意。

"美弥（miya）？"

见高志如此反问，美弥摇了摇头，一字一字地订正道："是Mi-a。因为这孩子就是在'咪啊咪啊'地叫嘛。"

紧接着，小猫咪就好像在应和美弥一样，"咪啊咪啊"地叫了两声。

自从和美弥不再来往，高志就几乎没见过那只猫了。但它的确是属于他们两个人的，至少在美弥看来是这样。

美弥家离高志家并不远，但或许是因为跑得太急，高志的裤腿已经湿透了。他按响了眼前两户一模一样的房子之中靠右的那一家的门铃。门立刻开了，眼圈红透的美弥走了出来，身穿米奇上衣和牛仔裙。

"究竟怎么了呀？"

不知为何，自己的声音听上去带着些怒气。

"我也不知道，你先进来再说。"

美弥抽抽搭搭地回答他。

看到躺在纸箱里的Mia，高志不由得咬紧了下唇。Mia那雪白漂亮的身体染着斑驳的红黑色。血水混着泥污，有些分辨不出，但是能看到它右后腿似乎受了很重的伤。高志尽量轻地碰了碰它的毛，那伤口很新，仍在汩汩不停地冒着鲜血。而且，Mia可能是想要通过舔舐去治疗伤口吧，她的脸上也染着血污，看上去简直像个猫妖一样。

"我刚才在门口的树丛里看到它蹲着……妈妈一早就出门了,我真不知道该如何是好。"

"得先止血。"

高志见美弥要哭出来,慌忙说道。

"有没有什么不用的毛巾一类的?"

听他这样问,美弥立即蹦起身。

"要按住它的伤口,咱得马上送它去兽医那儿。"

大概过了五分钟,两个人便一道冲进了大雨之中。

一边撑着伞,一边抱着纸箱,实在是有点不顺手。高志一边尽量动作轻柔地抱着纸箱,一边偷眼看着美弥。他的视线正好落在美弥形状娇好的嘴唇上。美弥要比高志还高上十厘米,健康饱满的双颊边飘着的碎发带有一丝栗色,黑色的瞳仁大大的,似乎总是笑意盈盈,同时又显得十分聪慧。每次在学校见到美弥,高志总会联想到柯利犬。那是外貌惹眼,身形流畅,原产自苏格兰的一种非常聪明的犬。

和她比起来……我简直就是只小腊肠。

想到这儿,高志便深陷自虐思绪中无法自拔,那天他不知叹了多少气。

下着雨的公园连一个游玩的孩子都没有。沙坑里扔着个孤零零的红球,似乎是被孩子们落下的,此刻正在雨中打转。

以前常和美弥在这个公园玩儿呢……正当高志沉浸在过去的甜蜜回忆中时,美弥突然扭过头问:"纸箱很重吧?对不起……"

"没事没事。不过 Mia 这家伙真是长大了不少呢!"

听高志这样讲,美弥露出一丝微笑。

"这孩子已经在我家待了五年了哦,很久之前它就是个成年猫咪啦。"

是呀。高志应和道。紧接着，他后知后觉地皱起眉。

"这孩子为什么会搞成这样子啊？是和其他猫咪打架了，还是被野狗欺负了？"

"它胆子很小的，应该不会打架……它平时可是非常小心谨慎的。"

"应该也会有疏忽的时候呀。美弥它……"话说到一半，高志发现自己用词不妥，又急忙改口，"Mia它平时能自由进出家门的对吗？"

美弥只简短地回复了一个"嗯"。

两个人自此一路无言，走到了离家最近的一家动物医院。兽医田崎是个身材瘦小的中年男人。

"这是被刀伤到的。简直太过分了。"一番治疗结束后，田崎表情略严肃地说道。那表情仿佛在说"要是这伤是你们两个人中的一个干的，我可不会原谅哦"。

"只差一点，骨头都要露出来了。"

"那它还能恢复原样吗？"

问这话的是美弥。

"可能要腿脚不便一段时间了。"

这回高志也放心地松了口气，不过他同时注意到刚才田崎的话里有些不容忽视的内容。

"您刚才说，是被刀伤的。"高志问，"就不会是被碎玻璃瓶割到……一类的吗？"

"不，这不可能。"兽医冷淡地回答，"这伤口的切痕过于平整，是个非常清楚的'一'字。这肯定是用菜刀或者匕首划出来的。"

听到兽医的回答,高志感到一阵毛骨悚然,和美弥面面相觑。那就是说,是有人挥刀砍伤了猫咪。

"怎么会……"

两个人异口同声地说道。

"我也没想到会这样。可是在今天被带来看病的猫咪中,已经不止一只猫是这样的情况了。就刚才……啊,你们认识小林吗?"

"认识。"美弥回答,"是紧挨着公园背后住的那家对吧?"

"该不会……连小林家的猫咪也惨遭毒手?"

"嗯。"

田崎皱起眉点了点头。

"他们家的那只猫还是只幼猫呢,也是腿部被割伤了,伤得非常深。它那种情况,估计从此以后腿就彻底不能动了。那可不是和猫咪打闹伤到的,也不是被狗袭击。那很明显就是被刀伤到的。"

"怎么会这样,要是讨厌猫,离远点不就好了。为什么要特意去做这么过分的事……这不应该呀……"

美弥否认着,但声音却有气无力。Mia正痛苦地躺在她的面前。田崎懊恼地耸了耸肩。

"但是现实生活中的确存在这种人。他们会把热油泼到活猫身上,还会出于玩乐的心态用气枪打野狗。我们不是会称呼那些伤害了无辜者的家伙是'畜生'吗?其实这个词算是侮辱动物了。不论何等凶残的肉食动物,都比不上人类残忍呢。"

"可这实在是……实在是太过分了。我理解不了,为什么要做这种事……"

美弥喊道,眼看又快要哭出来。

"的确，这太过分了。我其实也不理解这种人的心态，当然，也不想理解他们。我只知道，有些人光是踢踢小石子，肯定无法满足。"

"小石子？"高志反问道。

"是啊，大家小时候会有这种经历吧？比如考试没考好，惹爸妈生气了，便会心情郁闷，类似这样的经历吧？"

"这个嘛，确实有。"

"然后就会觉得，喊，真不爽，就会用力去踢飞地上的空罐或者小石子来撒气，对吧？当然，踢罐子或小石子这种行为本身并没什么问题。问题就在于，有些人光是踢踢空罐子或小石子，并不能得到满足。"

"所以他们是用猫咪来代替小石子了？"

"用狗，用猫，还用神社或公园里的鸽子。简单说来，就是一切柔弱的，不会反抗的生物。我们现在也常听到一种形容是说'仿佛被疯狗咬了一样'，对吧？其实这样说对狗可不公平呢。真正恐怖的才不是生病的狗，而是乍一看很健康，但却坦然地伤害重要事物的人类。"

美弥的眼中泛起一阵怯意。当然，高志听了这一番话后也感觉毛骨悚然。

"家养的猫咪对人类比较熟悉，相应地戒备心也不重，所以很容易被人伤害。不过，我还真是担心啊……"

"欸？"高志和美弥同时反问。

"不是有种说法，有一次二次，就会有三次四次吗？"

"您是说，可能还有其他猫咪受到攻击？"

美弥的声音几乎可以说是带着些悲壮情绪了。

"你们家的猫咪最好不要再放出去了。我也会提醒附近养猫的住户多加小心的。发生这种事，只能尽力做到自我保护了。警察估计是不会为了猫咪出警的。"

田崎大大地耸了耸肩，开始向美弥详细讲解起了药物的涂抹方法。

或许是伤口很痛吧，Mia用十分难受的声音，轻轻地"咪啊"了一声。

雨渐渐地变小了。

美弥走在高志前面，背影看上去无力极了。或许是因为躲在伞下吧，她的身形看上去要比平时娇小一些。

"为什么啊，为什么要做这么过分的事啊。"

美弥站住脚，转过头望向高志。不过正确说来，她应该是转头望向高志抱着的纸箱中的猫咪。

"我也不知道啊……"

高志也只能这样回答。

"要是它能说话就好了呢。"

"欸？"

"这孩子肯定见到凶手的脸了，对吧？要是Mia会说话，就能做证是谁伤害自己了……"

"是哦。"

高志点了点头，心里却想——或许正相反吧。就是因为Mia和小林家的幼猫不会说话，那个凶手才会用刀去伤害它们的。

一个冷酷无情，却唯有自保能力高明的凶手形象浮现在高志眼前。

"真可怕。"

或许和高志想到了一处吧，美弥此时也突然哆嗦了一下。不知何时起，她和高志肩并肩地走了起来。

的确可怕。高志赞同美弥的说法。

最可怕的是,那凶手或许就戴着一副极为普通的"邻家住户"的面具。带着这个念头再环顾四周,他发现所有人看上去都可疑极了。将小型拖拉机停在路肩上休息的男人,撑着伞、无所事事地张望着建到一半的房子的老人,催促身穿黄色雨衣的孩子快走的女人……

这些人的上衣口袋里、手里那发皱的纸袋里,还有手提包里,或许就藏着锐利的刀具。

而谁都不会对他们的身份起疑,这才是最可怕的。

"谢谢你呀。"美弥说道,露出一个腼腆的微笑,"我一个人实在是不知道该怎么办,真是麻烦你了。"

"Mia 不也是我的猫嘛。"

根本不必这么客气呀——高志本想表达这样的意思,可是语气不知为何显得有些爱答不理。

美弥似乎还想说些什么,但最终只是从高志手中接过纸箱,咕哝了一句"再见啦"。

Mia 在纸箱中又细弱地叫了一声。

一定要把凶手揪出来!

这一刻,高志突然注意到自己的怒火正在熊熊燃烧。

3

第二天,雨还是从一大早就开始下了起来。原本就发生了糟糕的事,现在天气也来添乱,把心情弄得更加阴郁了。

四月真是最差劲的月份!

出于担心,高志又去了一趟昨天的动物医院。不过这么短的时间内还没有出现新的受害人——不,是受害猫。从两只受害猫咪的伤口可以得知,它们都是当天的一早受伤的。除去从不出门的室内猫,家猫的活动范围其实意外地广,美弥说,她家为了能让Mia自由进出,洗手间的小窗一直都是敞着的。Mia把它当作专用出口,整日出出进进。它应该是在天刚亮,或者天色未明时不幸遭到了袭击。

昨晚,高志又接到了美弥打来的电话。

据她直接从小林那儿听来的消息,小林家的猫咪是在前一晚趁家里人一个不注意,自己偷偷从开着的窗户逃出去的。小林一家非常担心,还到处去找。第二天一早,家人推开大门取报纸的时候才发现,小猫浑身是血地躺在门口——整个经过和美弥这边的情况很相似。

不过新消息就这么多,最终也没有进一步的收获。

高志回到家后,发现直子也来家里做客了。她是个性格严谨认真的女生。因为两家的男主人关系不错,他们两家时常来往。从小时候起,直子就会来陪高志一起玩耍。因为静香一直想要个女儿,所以一向对直子宠爱有加。对于高志这个独生子来说,直子是最接近姐姐角色的人。

每当见到直子,高志就能告诉自己:这世上的女性并不是都像自己的妈妈那样,吵吵闹闹,喋喋不休的。每每想到这儿,他也就松了口气。妈妈那样吵闹的人竟然还能叫"静"香,真和自己这小矮子还叫"高"志的名字有得一拼。

"春假的时候呢,我就说了有空来玩的。"

静香开了一盒高级曲奇饼干来招待年纪小的客人,也不知道她之前都把这些藏在哪儿了。

"好久不见,最近还好吧?"简短地打过招呼后,直子的声音猛的压低,"我听说了,你朋友的宠物遭人毒手了?"

高志瞄了一眼妈妈,随即点了点头,"嗯"了一声。

静香听说了这种事后,第一选择就是赶紧告诉别人。高志是看透了妈妈的这一点,特意把"连续伤害事件"的来龙去脉告诉她的。在新的遇害猫咪出现前,应该尽量将这件事快速在邻里之间传播开来,这样或许就能防患于未然,而且说不定在邻居之中,还有人目击到了凶手呢。高志希望自己发出去的信息,能够带着一些附加的新情报再返回到自己这里。不过,绝大多数返回来的信息都只是在原信息上添油加醋一番罢了。

不出所料,静香兴奋不已地开始讲述起这件事,言辞之中多了不少添油加醋的部分。

"对哦,我刚刚把这件事也跟小直讲了。铃木太太说,以前她们家养的狗呀,还被人用笔乱涂过呢,画了眉毛呀眼镜一类的。而且那笔还是油性笔,费了好大劲都擦不掉。惹得大家捧腹大笑,那个乱涂乱画的人可真过分呢。"

静香说着同情的话,眼睛里却满是笑意。给狗画眼镜,这八成是小孩子的恶作剧吧,和这次的伤害事件有着本质上的不同。

"那个……其实刚才我过来的时候看到……"等静香说完话,直子语气十分谨慎地说,"路边蹲着一只黑狸花猫。特别瘦,毛也乱糟糟的,似乎是只流浪猫。它的腿看上去也好像受伤了……"

高志下意识和静香对视了一眼。

"前腿似乎都糊了一片血痂,毛上还沾着血。我一凑近,它就飞速逃掉了。虽然不太清楚具体情况,但看它走路的样子似乎很辛苦。"

"这猫咪也够傻的啦。既然能从直子眼前逃掉,那一开始就别接近凶手就好了嘛。不过也有可能是凶手拿了点吃的把它引过去的。"

"那只狸花猫，是不是尾巴尖尖看上去有点锯齿形状？"

"是呀，你认识？"

"嗯。那只猫性格特别谨慎，动作也特别敏捷。和人根本不亲近，也绝对不会从人的手里吃东西。它有时嘴里还会叼着只老鼠吓人一跳呢。"

"真有野性。"静香一脸敬佩地说，"如今还能逮到老鼠哦？"

"要是我接近了几步它都会逃掉的话，那种拿着刀的家伙一脸敌意地凑近，它肯定立马逃跑才对吧？"

"就是啊……"

的确，这件事太蹊跷了。猫没那么蠢，也没那么迟钝。如果凶手用的是气枪一类能远距离行凶的器具也就罢了，但是在手上挥舞的刀具，真的能那么轻而易举地伤害到猫咪吗？

"应该也不是在睡觉吧？我记得猫咪不是夜行动物吗？"

"夜行说的是野生狮子和老虎一类的吧？而且，动物园里的狮子老虎到了晚上貌似也是要睡觉的。"

说起来，美弥好像提到过。

"我们俩睡觉和起床的时间都是一样的呢。"

"清晨那会儿，它已经醒了吗？"

高志的语气微微带着些不自信。毕竟猫咪这种生物，醒着和睡着之间的界限是相当模糊的。

"清晨会活动的，应该就是送报纸的吧？"静香得意地说道。

"我问了常来的送报员，他说没看到有什么可疑的人。"

不过，清晨的街道并不能说是空无一人的，会有些一向早起的熟面孔：晨练的中年女性，遛狗的人，远距离通勤的大叔……这些人都是多年如一日在清晨出门活动的。

令人震惊的是，静香竟然把这些人中大部分人的身份背景都调查了一遍，还按照询问送报员的流程，也问了他们一些问题，就类似收集证词吧。最终的结论是，大家并未看到什么可疑人物，也没听到什么奇怪的声音。这些人出现在街上的时间大多在六点前到七点过一些的时间段里。而送报员则更早一些，早上刚过五点半就已经开始工作了。

也就是说，早上过了五点半之后，要是还挥舞着利器去伤猫，就极有可能吸引路人围观。而且猫咪本身也会大声吼叫，或者试图抓挠、反击伤害自己的家伙。所以不论怎么想，这样的做法都会引发巨大的骚动。

截至四月一日当天，已有两只猫相继受害。如果兽医说的话可信，那么"事件"发生的时间点就是在很早的清晨。可即便如此，却没有任何人目击到，也没人听到猫叫声。

"这么说来，还是天亮之前，趁着天色比较暗的时候动手的吧……等等，不对啊。"

高志被喊去三田村家的时间，是刚刚过九点。当时Mia的伤口还很新鲜，正渗着鲜血。如果它是在四五个小时前遇袭，血液不是应该已经凝固了才对吗？

直子目击到的那只流浪狸花猫的伤口不就是这种情况吗？

所以，还是兽医预估的受害时间段比较合理。

还有一点也很奇怪。为什么所有的猫受的伤都是在腿部呢？要是用道具去伤猫，那么伤到躯干的可能性应该要大很多才对呀？猫也不可能乖乖等着别人伤害它。这个凶手既要逮住猫，还要控制住它，不让它挣扎，这又是一件不容易完成的任务。

"的确蹊跷。"直子歪着头，皱起了鼻子，"不过这种人也真是奇怪，是不是有什么心理疾病才会做这种事啊？"

"因为太忙了，所以想借猫爪①来用？"

静香的措辞方式总是那么轻佻不谨慎，闹得人上火。

"把猫爪砍下来带走吗？快别这么说话了，多过分啊。"

"哎呀呀，怎么还真生气了，我这不是开玩笑吗？真是的，高志这方面的性格也不知道是遗传谁，反正和我们夫妻俩谁都不像……"

就是彻彻底底地遗传了双亲的基因，自己才会因为个子矮小而苦恼不已的，不是吗？

虽然心里是这么想的，但高志到底说不出口。直子似乎看透了他的想法，轻声笑了。随后她瞄了一眼手表，站起身。

"哎呀，我打扰了这么久！差不多得回去啦。"

"啊，这就走了？"

"嗯，我还得去买晚饭的食材。"

直子和她父亲住在一起。母亲在她念中学时就去世了。

"真不容易。啊，对了！你稍微等一下，昨天我包了好多饺子，都冻起来了。我给你拿一点。"

静香说着就起身走了。

高志和直子被丢在客厅，两人随意地对视一笑。

"她做事总是慌慌张张的……"

高志动了动下巴，指向厨房的方向。

"她总是在为别人忙碌呀。一般情况下，大部分人不是都在为自己忙碌吗？所以我很尊敬阿姨呢。"

"因为她会送你饺子吗？"高志打趣道。

---

①在日语中，有"猫の手も借りたい"（想借猫爪）这样的说法，指非常忙碌，恨不得连猫爪都想借来帮忙。此处是静香在讲冷笑话。

87

"喂喂!"直子虚张声势地挥了挥拳头,又道,"因为阿姨的料理都很美味,所以能分到饺子我就是很开心嘛。"

她说罢吐了吐舌头,随后又突然正色改变话题。

"明年,我们俩都有重要的考试呢。"

直子要考大学,高志要考高中。

"时间如流水呀,我有时候感觉好焦虑。一月走了,二月溜了,三月过了……真的,就是这种感觉……"

"那是啥?"

"我们班主任这么说的,意思是时间转瞬即逝。"

"哦?"

高志有些意外地被打动了,他在心底反刍起直子刚刚的这个形容。

一月走了,二月溜了,三月过了……是吗?

"那四月呢?"

"欸?"

直子被杀了个措手不及。

"四月是什么?"

直子的视线有一瞬在空中游荡,随后飘向十分遥远的某个点,定住了。

"是呀……一月走了,二月溜了,三月过了,然后四月……"

"四月?"

"……死了。"

"欸?"

这次轮到高志被杀个措手不及了。

随后,直子露出一个十分成熟的女性的微笑,说道:"高志,你是不是喜欢那个叫美弥的女孩子呀?"

直子那奇妙的十分肯定的话音刚落,静香就匆匆忙忙地冲进客厅。

"久等啦!这是阿姨包的特制饺子。超好吃哦。我在兜子里加了冰袋,拎回家绝对没问题。里面还放了前一阵子邻居给拿的佃煮①,你爸应该爱吃。"

"谢谢阿姨啦!"直子微笑着站起身,"我爸一定超级开心,他最喜欢您做的菜了。"

"哎呀,就只是喜欢菜吗?"

"不是不是,重点是您、做、的、菜啦。"直子一字一顿地重复道,露出平日里那副无忧无虑的微笑。

望着她的样子,高志不知为何突然感觉放下心来。他站起身,送直子离开了家。

翌日早上,高志正舒舒服服地打着盹,电话铃声又响了起来,紧接着是母亲高亢地大呼小叫,打断了他平静的睡眠。

"阿志!阿志!快别睡懒觉了!是小直的电话!她说有大事,让我赶紧叫醒你。"

"大……事?"

高志迷迷糊糊地在被窝里支起身子,一边揉搓着糊了眼屎的眼角,一边重复着妈妈的话。

"就是那个,那个连续砍猫事件啦!"

也不知从何时起,静香竟给这件事起了如此夸张的名字。高志接过分机放到耳边。

---

①佃煮是指以酱油、料酒、糖将鱼、虾、贝类、海藻等煮成的味道浓郁的海鲜食品。

89

"啊，高志？"

直子的声音听上去惊慌极了。她一向十分冷静，看来情况的确罕见。

"是这样。我刚刚知道了一件重要的事。今天我有点事来学校了，碰巧遇到经常闲聊的校医老师。嗯，这都无关紧要啦。总之呢，我把昨天的事告诉了老师，她吃了一惊……然后说'得赶快了，毕竟今天是这种天气'……"

"今天是这种天气？"

高志望向窗外。的确，昨天下了整整一天的大雨如今已经彻底停了，取而代之的是温暖的阳光，此刻正融融洒向各家各户的屋顶，十分炫目。

"为什么这个天气很重要？"

直子开始快速解释。听着听着，高志的表情愈加严肃起来。

"我出一下门。"

高志简短地对在旁边一脸讶异的母亲说了这么一句话，便把手里的话筒递给了她。

"出门……去哪儿呀？"静香冲着儿子的后背问道。

高志没有回头，丢下一句："公园。"

4

候补地点有好几个。过去某个节目讲过，猫的行动范围大致是半径五百米。虽说用猫的额头[①]来形容是有些不对头了，但总而言之，目的地是三个公园，但不可能三个公园都有问题。

[①]原文"猫のひたい"指面积狭小，巴掌大的地方。

不过，高志却毫不迟疑。因为小林家那只猫咪遇害了。小猫的行动范围要比成年猫小很多，而小林家就在公园的旁边。

跑呀跑呀，拼命地跑。

高志在心底对着自己如此呼喊。

就算不是灰猎狗，不是大麦町，也不是波音达、杜宾，那又何妨？

就算是个小不点儿，就算不够帅气，可腊肠也是猎犬。过去，腊肠犬也是能追赶獾和狐狸，紧咬它们脖颈不放的犬种。即便自以为追寻的猎物是獾，但其实是大棕熊，他也无法停下自己追逐的脚步。

田崎医生的声音在耳边响起。

"用狗，用猫，还用神社或公园的鸽子。简单说来，就是一切柔弱的，不会反抗的生物。"

伤害这些柔弱生物的人，毋庸置疑是卑鄙的。但如果直子刚刚的话属实，那这个人的行为就远远超过了卑鄙的程度。

高志确信，直子，不，应该说是直子学校老师说的话是对的。

那个凶手，他不是手挥道具，追着可怜的小猫砍杀，也不是在追赶、捕捉、控制住猫咪之后伤害它们的腿。

因为这个人的目的，绝不在猫身上。

凶手的目标，是比猫咪更柔弱的，面对暴力毫无抵抗能力的生物。也正因如此，这种生物需要更多的庇护……

高志的心脏仿佛受到电击一般疼痛，这不只是因为他在奋力奔跑，还有……

还差一点，快了！能看到公园的入口了。

太好了。高志抚着胸口，放下心来。暂时还没有人来。看来是赶上了。

正想到这儿,突然之间,高志浑身的寒毛都在暖融融的春日中倒竖起来。

沙坑里有个小婴儿。

"呀呀!"小婴儿十分兴奋地叫喊着。在沙子里,似乎有什么东西寒光一闪。那小婴儿似乎也注意到了,晃晃悠悠地站起来,跌跌撞撞地向那边走去。

高志跑了起来,身子几乎要腾空飞起。

转瞬间他便跑到了沙坑边。他伸出胳膊,迅速将宝宝抱了起来。就在附近长椅坐着的小婴儿的母亲看到眼前的一幕,也大声尖叫着,立即跑了过来。

"你在干什么!"她大叫着,一把将自己的宝宝抢了回来。高志沉默着伸手指了指沙坑中那发光的一点。孩子妈妈的脸色立即变得苍白,惊恐地轻轻尖叫了一声。

在沙坑的正中间,放着一个闪光的东西。那是一把刀刃向上,一半埋在沙坑里的匕首。

"抱歉,能请您去喊一下警察吗?"高志对仍惊得僵在原地的女性微笑道,"我必须留在原地,保证没有人再过来。"

此时,不知因为什么事而感到高兴,小婴儿在妈妈的臂弯里开心地大笑起来。

5

最终,警方从沙坑里找出了大大小小合计五把匕首。详细点说,是三把裁纸刀的备用刀片、一把水果刀、一把长度约十五厘米的救生刀。以上几把刀统统都是刀刃朝上被埋在沙坑里的。高志明显感觉得到来自凶手的恶意。

凶手应该是在三月三十一日至四月一日的深夜把刀埋进沙坑的，这一点基本无误。只不过事与愿违，首先被害的是天刚亮时跑去沙坑刨沙如厕的猫咪。的确，美弥家并没有院子，所以 Mia 应该比较常用这个离家最近的沙坑。

高志曾偶尔听到近邻主妇们高声议论什么不太卫生、应该弄个栅栏一类的话。当时他并不明白她们在说什么，现在知道了，其实是在说小孩子的游乐场和猫咪厕所共用不太卫生。

还有那个被扔在沙坑里的小红球——小林家的那只幼猫应该是在玩儿那个球的时候受伤的。

总而言之，这无论如何都不能用恶作剧来解释了。凶手的目标其实是婴儿和小朋友，稍有差池，小孩子就有可能受重伤。如今尚无被害者，也是因为这两天一直在下雨，没有孩子去沙坑的缘故。

还要感谢直子姐学校的老师。

多亏老师说"毕竟今天是这种天气"并催直子马上采取行动。全靠这位从未谋面的老师，刚刚那个小婴儿才没有受伤。

为防万一，警察搜索了这一带所有的公园，不过并没发现其他刀具。比较令人吃惊的是，这骚动虽然不大，但是却登了报。关于发现刀具的经过，报纸上只写了"根据住户通报"，并没有提到高志的名字。当然，这也无关紧要啦。

那个小婴儿的妈妈说："太可怕了，以后不敢再带孩子去沙坑玩儿了。"

估计很多妈妈都会这么想吧。而对于爱玩沙子的小朋友来说，发生这件事真的很不开心。

事后，高志第一时间打电话告诉直子。直子还细致地询问了刀具的形状，随后只喃喃吐出一句"太可怕了"。高志想，此时直子的表情，应该和前一天听说这件事时的表情一样吧。

所有人都是心怀一些阴郁活着的。虽然从旁观者的角度不一定能看得出来，但是人们心中的阴郁就是一种类似焦油一样黏糊糊的东西。当然，这个东西的量和黏度因人而异，不同人之间的差距可能非常大……

凶手的内心深处是不是有着一片无底沼泽呢？那深不见底的沼泽既阴暗冰冷，又充满黏糊的液体……

此次事件成功地防患于未然，那凶手知道了，是正在独自咋舌呢，还是说……

不论如何，和那种人的内心比起来，高志的忧郁就显得仿佛雨过天晴后叶片上的点滴小水珠一般轻巧。证据就是，之后和美弥随意瞎聊了几句，他阴郁的心情就立即放晴了。

不知道是聊到什么，话赶着话，高志就说："我爸我妈，真的是跳蚤夫妻哎。"

听他这么讲，美弥扑哧一声笑了。

"啊呀，跳蚤夫妻指的是夫妻之中妻子的个头比丈夫高。因为跳蚤这种生物就是雌性比雄性大，对吧？"

"是吗？"

原来是高志自己先入为主，彻底搞错了。首先，他连跳蚤这种生物是雌性比雄性体形大这种事都是头一次听说。

高志挠了挠头。美弥又笑了，这次她用极度随意的语气又补充道："可是，我觉得这样的一对，也很不错不是吗？"

很快，春假便结束，新学期开始了。看着换班的公告，高志觉得念三年级倒也没有自己想得那么糟糕了。

正在此时，突然有人在他背后轻轻拍了拍他的肩。
"我们同班呢。"
三田村美弥活泼地说着，露出一个轻快的微笑。

镜之国的企鹅

1

那是一枚小小的照片。

三个少女脸挨着脸，正冲着镜头微笑。她们一定是关系非常亲密的伙伴，因为她们之间的距离是那么近，三张皮肤光滑、染着蔷薇色红晕的年轻容颜几乎都要紧贴到一起了。

三人的长相虽不是同一类型，但是都非常年轻漂亮。尤其是居中的少女，更是美得出类拔萃。不，应该说，是曾经美得出类拔萃。

"他"杀死的，正是这位少女。

靠右边的那个女生"他"也认识。"他"曾经差一点就能杀掉她了，如果再度出击……又会如何呢？

当然，"他"已经做不到了，换谁都能明白这一点。因为他的脸已经被这个女孩看见了。除非蠢到极致，否则不可能再有人冒这个风险了。

那么剩下的……

"他"已经调查清楚了。少女住在哪儿，有没有兄弟姐妹，上学放学常走的路线，和谁关系比较好，是否参加社团活动……

成尾沙也加。这是那张照片左侧少女的名字。

稍早些时候，校园内回荡起当日的放学铃声。

一大群年纪相仿的少女纷纷从教室里涌出，仿佛倾巢出动的蜜蜂向着花儿奔去，个个都显得无忧无虑。虽然也有人单独行动，不过多数是两三人走在一起，四个人以上的小团体也不少见。大部分人都奔着最近的车站而去。如此看来，少女们组成一小队一小队地回家，也是理所当然了。

女孩子们真的很爱笑，爱谈天，也爱吃零食。有的人会从制服口袋里掏出太妃糖慷慨大方地分发给朋友们。薄薄的糖纸就仿佛并不应季的落叶，飘飘荡荡，撒落在柏油路上。而近旁的粗点心店门口，有几个少女正凑在一起看着冷鲜包装袋，热闹地品评着棒冰。

这群身穿蓝色双排扣短西装，外加格子花呢百褶裙的女孩子，身上一定早就汗涔涔的了，而且也必然是喉咙干渴，迫不及待想要快些享受美味冰品。

夏日的气息就藏在制服口袋里，和少女们一样，那是欢闹爽朗之气。

五月——

似乎是和这群天真烂漫的少女最为相宜的一个月份。她们那般年轻、美丽、单纯，而她们的世界又充满了趣味和奇妙，单是生活在其中，就已经高兴得不得了了——至少看上去，是这样的。

成尾沙也加的身影出现在校门口的时间，正是放学铃声响起的十五分钟后。走在她一旁的高个少女是川岛由美。成尾沙也加正手舞足蹈地说着些什么，一边的川岛由美一脸缺乏兴趣的表情听着。看样子她眼下的兴趣全在那个粗点心店里。她扯了扯同伴的制服袖子，小声说了些什么。很快二人便相对点了点头，仿佛是被磁铁吸走的铁钉子一般，嗖地蹿进了点心店。

过了一会儿，她们俩走了出来，每人手中都拿着一根花费充足时间严选的棒冰。包装纸已经撕下来了。看着眼前这清凉甜美的冰品，川岛由美精神头十足地张口就啃。而另一边，城尾沙也加则伸出红色的舌头灵巧地舔舐，慢悠悠地品尝着，简直和舔牛奶的猫咪一模一样。

突然，城尾沙也加停下脚步，似是向这边瞥了一眼。令人心头一紧。

可是，少女的视线并未停顿在某一个固定的地方，而是像她那灵巧的红色舌头，任性地四处打探。那视线落在邮筒上、路边的电线杆上，还有其他可有可无的风景上。随后，她的兴趣再次转回到棒冰上。

没错，她们并没有意识到，自己正被人暗暗盯着。

不论如何从这边眺望，少女们都绝不会有被注视的感觉。她们并不是故意摆出没注意到的模样，也不是有心无视，只是看不到罢了。

对于她们来说，看不到就等于不存在。他人的情绪、想法，还有——没错，还有未来，或者也可说将来，总之这类不够具象的词汇在她们眼中都一样。都像空气，或者说，像幽灵。

"他"稍作停顿，追在了少女们身后。

"幽灵？"川岛由美咬着吃得基本只剩木杆的棒冰，口齿含混地问道。

"对，幽灵。"

成尾沙也加小心翼翼地将棒冰尾巴仅剩的一口啃掉，似乎生怕那一口会化得掉落地面一般。她表情十分认真地点了点头。

"由美，你是头一回听说这件事吗？"

沙也加的声音里跳动着喜悦。将劲爆的新消息分享给朋友，这种行为在大多数情况下或多或少都令人感到开心。就算这个消息并不属于让人感到舒服的那一类，情况也依然相同。

"什么头一回，我都不知道你在说什么哎？"由美将冰棒棍扔进车站的垃圾桶，一脸疑惑地问道。

"就是说啊，最近都在传的那个呀，安藤麻衣子的幽灵出现了。"

短暂的，略不自然的空白后——

"等等，是真的？"

"真的，绝对。"

川岛由美那两条浓眉拧紧了。

"太扯了吧，什么啊？"

她如此骂了一句。

安藤麻衣子去世是在这年冬天。她死得很突然，校内关于她的议论一直持续到了三月底。等到她们升上三年级，也到了新学期，这个没有等来春天便夭折的少女的名字，在大家之间就几乎成了不能说出口的禁忌。

其中缘由想来也不难理解。毕竟安藤麻衣子是被人杀害的，再加上杀害她的凶手至今都还未被逮捕。眼下，杀人凶手和这些女高中生享受着同等的自由。然而，人类就是如此健忘，那件事已经逐渐在大家的记忆中淡去了。都说流言能持续七十五天[①]，从某种意义上讲，这也的确是句实话。

当时，由美、沙也加和麻衣子都是二年级二班的同班同学。当然，她们并没有忘记她。她们怎么可能会忘？对于这些少女

[①]原文为"人の噂も七十五日"，指流言蜚语至多传播七十五天，就会被遗忘。

来讲，这可是件不得了的大事。麻衣子的死给她们带去的影响与震撼之大，简直无法估量。然而——不，所以，她们才始终噤声不语。这和平时的她们相比简直像换了个人一般。

可不知为何，这固若金汤的禁忌，如今却开始逐渐瓦解。

"太扯了！"川岛由美重复道，"人只要死了不就全没了吗，什么幽灵……谁说的啊？"

"谁知道呢……不过大家都在传。"

成尾沙也加一脸不服气地噘了噘嘴。对方不愿意接话聊下去，这闹得她有些不爽。

"啊啊，真无聊。就没点好事发生吗？自打念了高三，大家都眼冒绿光整天叨叨着考试考试考试……像我这个德行的也能读的那种大学，肯定也不怎么样就是了……"说罢，沙也加又瞄了瞄由美，声音压低了一些继续道，"麻衣她再也不用担心考试了哎，反而是种幸福不是吗？"

生着如此可爱脸蛋的少女，却说出如此残忍的话。

"可是，她脑筋还挺好的。"

"也是，和我们不一样。"

"别和我相提并论好吗？"

这次是川岛由美不开心地噘起了嘴。

"那确实……体育这方面还是由美厉害。"

"啊？只有体育厉害？"

"音乐还是我学得好嘛。反正说到底，我们都是那个橡子啥啥啥的呗。"

她应该是想说"橡子比身高[①]"吧。

[①] 原文为"団栗の背比べ"，比喻双方都比较平庸，没什么特别优秀的地方，半斤八两。

由美听她这样讲，不置可否地皱起了眉，一副很不高兴的样子。随后，她又仿佛自说自话般嘟哝道："不过，如果是我，肯定也会变成鬼的吧。"

"欸？"

成尾沙也加一脸惊诧地扭过头。

"就算是像我们这种人啊，既没有特别好看，也没有特别聪明的家伙，现在被杀了，其实也会特别不甘心的，不是吗？"

她一句话里连续说了好几个"特别"，但看她的模样却并不像是在开玩笑。不知为何，由美看上去似乎很愤怒。

"对啊！如果是我，我绝对会去做鬼。不是吗？你想想，现在不论是在学校还是在家，都没一件有趣的事。而且只要一想稍微放松放松，就会被疯狂说教。但是只要上了大学，一切就都易如反掌了不是吗？总感觉读大学好开心啊……比如我哥，他每天都在做自己喜欢的事情哎。根本、完全、一点都不学习的！我看他过得那么神仙，就想着……我只要再忍一年就好了。"

"那你得先考得上啊！"沙也加耿直地回敬她。

"不过，就算我们所有人都没考上，唯独麻衣一定会考上自己喜欢的大学的。一定……"

"就是啊。哎哎……她那么好看，又那么聪明，活着的时候肯定每天都好开心的。她被人杀掉的那一瞬间，肯定觉得难以置信吧……"

说到最后这句，沙也加小心翼翼地压低了声音。

的确是难以置信。比起恐惧与痛苦，麻衣子死时的那张脸表现出的更多是单纯的惊诧……

话又说回来，这群少女为何能如此若无其事地聊起同学的死亡呢？她们怎么就不想想，或许死神也离自己近在咫尺了呢？

危险。危险。红灯！

缺乏想象力是危险的。要时刻谨记，降临到他人头上的灾难，也会发生在自己身上。你们啊，真是无戒心得愚蠢至极，又乐观得令人震惊——没错，我根本不想警告这些少女。当然，这样做本身也太过愚蠢了。

绝对，绝对不能忘记自己的目的。

成尾沙也加，下一个目标，一定能得手……

2

小幡康子得知那传言，已是最近的事了。

康子从四月份开始担任三年级的年级长。自然，她也听说学生家长之间对这事议论纷纷，很是担忧。

"真的没问题吗？这可是我们孩子的关键时期呀。当然，小幡老师做得很好啦，不过毕竟还很年轻……"

这些家长在日常生活中本就很少赞扬"年轻女性"，如今自家小孩的班主任竟是"年轻女性"，简直就像眼前突然冒出来一把刻度不同的尺子一般。

不过康子对这些议论也只能当耳旁风。要是听到心里去，肯定会徒增烦闷苦恼。毕竟，正如那些家长所说，现在是"关键时期"。但说句实话，能让所有学生在这段时期结束时都得偿所愿的概率，是无限接近于零的。恳切地摆明事实，劝说学生降低对志愿校的选择标准——这项工作令人心情极为沉重。此外，鼓励那些毫无干劲的学生，事到如今还不得不催促她们死记硬背点知识——这行为也和精卫填海没啥差别，纯属虚幻的努力。

至于准备直接去找工作的学生，难搞程度和希望继续念书的学生一样，不，甚至比她们还要难。眼下的经济和时代都是如此闭塞，女性求职宛如登天——比女性读大学还要难得多。

说简单点，现实情况就是，比较积极乐观的话题真的很难冒出来。

所以，这阵子便盛传起了骇人听闻、极度脱离现实且阴郁至极的传言——说实话，学校的怪谈以及幽灵等大抵都是十分荒唐的事件，遇到这些康子一般都会保持沉默。

可是，作祟的竟然是安藤麻衣子的幽灵，这就让康子的情绪变得有些微妙了。

身边的人被杀了，而且还是自己负责的班级的学生被过路魔杀害了——这本是绝不会出现在现实生活中的事。在电视和报纸上目睹的不幸事件，只会发生在某个不知名的城市，落到某个倒霉蛋的头上。康子一直都是这么想的。

当然，这想法只是一种毫无根据的自信罢了。二月下旬，安藤麻衣子年仅十七岁便离世了。从那时到如今，已经过去了两个多月，学校总算找回了当初的宁静。然而，那也只是表面宁静。毕竟凶手至今都还未被逮捕。

说回传言，它似乎是最近刚刚开始被学生们私下偷偷传播开来的。在康子看来，那只不过是少女们心底里滚动的、不安的岩浆，一找到缝隙便忙不迭地纷纷涌出，因此才形成了流言。

毕竟，在大部分少女的眼中，安藤麻衣子可是一个被崇拜、被仰慕的偶像。

美丽、高傲的女神。

康子小声叹了口气。她一想起那已经离世的少女，一股难以界定是悔恨、焦躁还是愤怒的感情便翻涌上来。

不让她有任何挂念，不给她惹任何麻烦——面对康子，安藤麻衣子显露出明显的冷淡和拒绝，将自己内心的大门紧紧关闭。被拒绝的还不止康子和其他老师，平日里把麻衣子簇拥起来，极度崇拜她的那些伙伴，其实也一样从未被她接受过。

当然，的确有极少数例外。

那天放学后，康子结束了一天的工作便去了趟校医室。校医神野菜生子微笑着招呼同事进来，还起身给她泡茶。房间角落里，一只电水壶发出轻轻的热水滚动声。神野菜生子走路时的姿态略有些不流畅。听说自一场事故以来，她的右脚就有点不太方便了。关于这件事，她本人没有再多说什么，所以更详细的情况康子也不清楚。不过，菜生子身上总是萦绕着一丝悲哀，那哀伤的气质与她在学校所穿的一身白衣十分相称。康子隐隐感觉到，她身上的这抹忧郁应该就源自那场事故。

或许也正因如此，走进菜生子办公室的学生们，有很多是看上去非常健康的少女。这些学生的苦恼并非来自身体，而是来自内心。靠自己的力量无论如何都无法走出阴霾，可是告诉了别人，也没有获得有效的缓解——于是，少女们便去拜访菜生子，将苦恼讲给她听。

过去，安藤麻衣子也是其中的一员。作为她的班主任，其实康子内心还是有些复杂的。可是康子也发现，不知不觉间，自己和那些学生一样，下意识地就会跑去找菜生子，和她谈烦恼，聊日常。康子觉得，就仿佛校医务室是学校不可或缺的一部分一样，对于这所学校的师生来说，校医菜生子同样不可或缺。

"方糖来一颗可以吗?"

菜生子一边将袋泡茶包从茶杯中拎起来,一边询问道。

"请放两颗吧……不知怎么的,总感觉好累……"

与其说是肉体疲劳,不如说是精神疲劳,所以才疯狂想摄入糖分。

"发生什么事了吗?"

菜生子歪了歪头,将茶杯递给康子。

"倒也……没什么。"

康子努力让自己的语气显得开朗一些。可是她又立即语塞,低下头瞧了瞧冒着热气的茶杯。心情沉重得要命。

第一个征兆,是厕所的涂鸦。

其实,康子一般都会去一楼的教职员专用厕所,可她却特意跑去了三楼的学生用厕所,想要一探究竟。之所以会这样,是因为她不经意间听到少女们之间传播开来的流言。

"你看到了吗?音乐教室边上那个厕所……"

说到这儿,学生们发现了康子,立即噤声了。所以,是传言更早,还是涂鸦更早呢?这就好似讨论是先有鸡还是先有蛋一样分不清楚。总之,康子有点在意这件事,于是放学后便去了那个音乐教室附近的厕所。

她在最靠里的单间找到了那个涂鸦。

Jing gao!

一上来看到的就是这个词。涂鸦画在墙面上,正好处于摆好姿势准备如厕时双眼所见的高度,看上去是用自动铅笔画的,线条又细又虚。又不是小学生了,"jing gao"怎么还不写成汉字的"警告"?想到这儿,康子放松地继续读下去,却被下面的内容震惊了。

安藤麻衣子就站在你身后。
现在回头的话,她可要把你带走啦。

可要把你带走啦——这种说法真的很像个小孩,十分幼稚。但是这串文字背后隐藏的意思却让康子感到极其不舒服。

她保持弓着腰曲着身子的姿势开始思索。究竟是谁,出于什么目的写下这几行字的?这会是一出恶作剧吗?为什么偏偏要写"安藤麻衣子"呢?

想着想着,康子的内心突然被一种不明来由的恐惧感攥住了。

安藤麻衣子就站在你身后。
现在回头的话,她可要把你带走啦。

警告。警告。你的身后站着一个人哦,你的身后……站着一个不属于这个世界的,某个人哦。

周围的温度猛地下降。

理智告诉她,这是唬小孩的把戏。她很清楚。可是……太阳已经西沉,没开灯的厕所一片昏暗。放学后的学校里也没有几个人了,四下一片沉寂。参加社团活动的学生们发出的喊声从遥远的地方飘来。

此刻在这里的只有自己一个人……至少,只有自己一个,活人。

这个想法瞬间闪过，康子突然陷入难以名状的恐惧之中。

如果这时有人突然在她身后"啊"地大喊一声吓唬她，她肯定要发出那种事后会被传遍整个学校的、超级刺耳的惨叫声。可是，眼下这里只有康子一个人。反应过来这一点时，她便飞也似的逃离了现场——没有丝毫转身看一看的勇气。

"现在再想想，我简直太滑稽了。"

康子试图掩饰羞耻，微微耸了耸肩。

"可是，我当时真的感觉恐怖极了。那之后我还是非常在意这件事，还问了学生们……果然，这件事在学生中间都已经传遍了。神野老师应该也听说了吧？"

神野菜生子十分克制地点了点头。

"没错，我也有耳闻。但据我所知，应该是有谁先写下涂鸦，然后再将谣言扩散开了。"

涂鸦是鸡，生下的蛋则是谣言——也有可能正相反。康子在内心默默地自言自语。也有可能是谣言这只鸡，生下了涂鸦这枚蛋。

"写在那墙上的东西，您怎么看？幽灵什么的……真的会冒出来吗？"

康子的语气带着些调侃，但眼神却很认真。菜生子有些困惑地微笑着，啜饮了一口变得温暾的红茶。

"好多年前，学校发生过连续纵火案，您还记得吗？"

短暂的停顿后，从菜生子口中竟然冒出如此令人感到意外的一句话。

"嗯……竟然有那种事发生呢。"

"具体是什么样的事件呢？"

"什么样的……就是学校持续出现一些小型的纵火点，而且火烧起来的地方明显没有什么易燃的东西。当时闹得可大了。学校一一检查学生们的持有物，结果查出来的打火机别说小火了，凑起来能把整个学校都烧掉。忘了什么时候来着，学校开始监管学生的吸烟情况……"

纵火是非常明确的犯罪行为，学校本应将这件事通报给警察局。但学校还是老样子，把事压了下去，纵火案最终不了了之。

"那么，纵火的地点是在哪儿来着？"

经菜生子反复询问，康子终于领悟。

"啊！对哦！地点也是在厕所。当时烧起来的是厕纸。但这件事到现在已经过去三年了，不管是谁做的，现在肯定也已经毕业了。"

"是呢。当然了，这两件事不会是同一个学生做的。只是地点相同。"

菜生子略略顿住，又露出仿佛在眺望远方的眼神。

"说起来，小幡老师呀，从小开始，小学、初中、高中——长时间地待在学校这个环境里，您是什么感受？"

"什么感受？"

"一整日都要被同学、朋友、前辈、后辈这些同龄人，还有班主任、年级主任、校长、教导主任、国语老师、数学老师这些成人包围，不会觉得喘不上气吗？就仿佛要淹死在人堆中一样。有些学生可能会非常想一个人待会儿，可是呢，却又没有直接逃离的勇气——学校里肯定有这种学生的。这时，她们能去的地方，在学校这片环境里是非常有限的。"

"要我选的话，我首先就会来你这里。"康子轻声微笑，眨了眨眼,"实际上也挺多的吧,会来你这儿的同学?"

"能来校医务室的孩子还好,她们还是能明确发出求助的同学。即便嘴上没说,但是能来这儿,至少说明她们没有抵触所有人。"

康子突然想起了安藤麻衣子。她感觉头脑一阵抽痛。

"那您的意思是,在厕所放火和涂鸦的,是一个极不相信他人的同学?"

"这种可能性很高。还有别的什么地方是可以上锁并且躲起来的吗?"

"为什么要躲起来呢?"

"因为不安。"菜生子简短却又明确地回答,"就好像听到天上打雷,我们会躲进被窝一样。大家都想逃离不安。而人的不安,大多数时候同样来源于人……说到底,就是如此。她们怕的,可绝不是雷声。"

"这个我能明白,我多少也能明白一个孩子因为害怕些什么,于是躲进了厕所单间的这种心理,可是……"康子的语气带着一丝怀疑,"可是,因为这样就在学校纵火吗?我觉得不至于啊。一个不小心可就会捅出大娄子啊。还有……这也没法解释她为什么要写下那种涂鸦啊。为什么是幽灵?又为什么提到安藤麻衣子呢?说是单纯的恶作剧,那也做得太过分了。而且神野老师也说了不是恶作剧,对吧?那……究竟是为什么呢?"

"做这两件事,其实都属于某种意义上的标记行为。"

"标记?"

"是啊。"菜生子轻轻点了点头,"比如说燃烧起来的火和烟雾是狼烟或者信号……会让人感受到一种迫不得已的情绪,是一种被逼无奈的行动。那么相比之下,涂鸦展示出来的信息则更加直接。因为它已经用到了文字，所以实际想要传达的信息一定和这几行文字之间相差不远。"

"信息？"康子重复着，显露出紧张的神色询问道，"究竟是什么信息啊？"

这一次菜生子的回答有了片刻停顿。

"应该……是求救信息吧。"

沉默再次如阴影般笼罩。这一次沉默的时间拉得略长了一些。康子有些焦躁地皱起了眉。

"为什么要用这么磨磨蹭蹭的办法？直接和班主任或者朋友什么的说出来不就好了？"

"如果非常清楚自己想从何处脱身，那么或许会有人直接说出口吧。可是，眼下这个孩子却无论如何都说不出口。说不出希望有人能将她从幽灵手中解救出来一类的话。"

康子露出一个有些僵硬的微笑。

"听神野老师的口气，您似乎相信安藤同学的幽灵是真实存在的？"

"不如说，她的幽灵会作祟也是理所当然啊，不是吗？至今都没冒出来反而比较奇怪。她那么年轻，又那么漂亮，最重要的是，她的死状那么凄惨，可以说是凑齐了一切会作祟的条件了吧。"

"我还真不知道……"康子困惑地睁大双眼，"神野老师你，竟然是个神秘主义者吗！"

菜生子淡淡地笑了。

"谁知道呢。人有时候会看见一些本不该看到的东西，关于这件事，说实话，我其实也并不太清楚。而且人内心的问题总是非常难解的，甚至还有相反的案例呢，就是原本能看到的东西，却完全视而不见……不过无论怎样，这次幽灵的真实身份，是在厕所涂鸦的那位同学内心难以言喻的不安。一般这不安都来自考试或者人际关系……不过，我很担心啊。"

"您担心什么？"

康子听出自己反问的声音有些沙哑。她将剩下的红茶一饮而尽。

"就是我刚才提到的，后一种情况。"

"原本能看到的东西，却完全视而不见？"

"是啊。光说这个'能看到'，其实也包含很多东西：看时刻表，看画或照片，散漫地看风景……只是出现在眼中的这种状态，姑且也可以称之为是在'看'。所以，从这个状态来讲，并没有变化。但也可以说，就在无意之间，眼中所见的某样东西为那个孩子的潜意识带去了极为强烈的不安。"

"无意间看到，却能给人带去那么强烈的不安，会是什么呢？"

"嗯……比如说，他人的视线。"

康子有些意外地眨了下眼。

菜生子则语气平静地继续说道："视线这种东西，与其说是'看'，不如说更接近'感觉'。我接下来要说的内容只是猜想。我觉得，总是感觉被什么人看着，总能感受到相同的视线——遇到这种情况时，哪怕她本人几乎没有意识，但是内心的某个角落仍旧会下意识地产生负担。总觉得背后有人盯着自己——我想，正是这种难以名状的不安，创造出了安藤同学的幽灵。"

"也就是说，那个涂鸦的同学是被某人跟踪了？而且……是在她自己都没觉察的情况下，意识到了这一点？"

菜生子一脸担心地点了点头。

"是啊。我担心的点就在这儿。因为……"说到这儿，她略有些迟疑，"因为，杀害安藤同学的凶手，至今都未落网啊。"

康子惊愕地张开了嘴。看她的样子很像是尽量假装惊讶，结果却差点失败了。

她是知道的。神野菜生子能从一个事实出发，非常轻松地着陆在令人极度意想不到的地方。而且，有时这着陆点简直准确得可怕。

康子仿佛渴求新鲜的氧气般深吸了一口气，随后又叹了一声——

"真没想到，你竟然能从厕所里一个小小的涂鸦推出这样的结论。那么，神野老师的意思是……那个过路魔，还在盯着我校的学生，是吗？"

说完最后一句话，康子的声音简直就和在瑟瑟发抖的少女一般。

"我也有些怀疑这会不会是真的。如果接下来没有再发现类似的涂鸦，那么老师你也就不必太过担忧了。可是，倘若这涂鸦反复出现第二次、第三次……从以往案例来看，这种极端的紧张状态是无法长期持续的。对方还只是个十来岁的女生，身上总归会露出些端倪的。"

"上次的纵火骚动，一共是放了三次火，是吧？"康子迅速插嘴道。

菜生子淡淡地点点头。

"当时的情况……的确是这样。"

"最终也没抓到纵火者……还是说，只有神野老师知道究竟是谁干的？"

神野菜生子和小幡康子的教师生涯时长基本相同。所以，一听菜生子提到"以往案例"，小幡康子首先想到的便是那起纵火事件。可是，据她所知，那件事的行凶者最终没有露出任何马脚，事件最终不了了之。

眼前这个人，该不会知道一些其他老师不知道的内情吧？康子突然这样想道。

可是，菜生子却并没有回应康子的问题，而是另起话头道："那个孩子下次再涂鸦，可能会假装自己是第一个发现的人。"

"纵火案那次也是这样吗？"

康子不是在挖苦，而是在认真提问。

然而，关于这件事菜生子却只是微笑，完全不吐露一丝一毫。

外面的天色不知何时已经彻底黑了。

"那个……神野老师。"康子在离开校医室前转过身道，"万一——我是说万一哦，我们班的学生来您这儿讲了关于涂鸦的事情，请您务必要马上告诉我，好吗？"

"如果是小幡老师班上的学生……"神野老师微微笑道，"那她就不会来找我了，她一定会去找您的。"

几天后，菜生子的话得到了应验。

那个女生怯生生地靠着康子耳边，悄悄和她说了些什么。

她把班主任领去了二楼最里侧的厕所。那儿离康子负责的班级最近。

学生指的位置并不在单间墙壁上。她甚至没必要特意指明。因为这次涂鸦的地方和上次不同，而且颜色十分鲜艳。那行字不由分说地闯进康子的视野——

洗脸池上方的镜子上，有一行用珠光粉色的口红写下的字。

　　注意！
　　安藤麻衣子的幽灵正在看着你。
　　小心不要被她带走哦。

　　在那跳跃着口红涂鸦的镜面上，映出学生苍白的脸。康子当场便想要质问她，是不是随身带着顶端有使用痕迹的珠光粉色口红。
　　镜中少女的脸突然扭曲了。
　　"老师，我，我害怕。"她低低地喊道。从内心深处产生的恐惧令她浑身颤抖。
　　她，是成尾沙也加。

3

　　和朋友挥手道别后，成尾沙也加从电车上走下来。到了这儿，终于剩沙也加一个人了。少女瞬间变了模样。原本喋喋不休的双唇停下了，脸上挂着的微笑也立即烟消云散，变成面无表情的样子。看上去就像按下了电视机的遥控开关一般，她的脸成了毫无生命力的黑黢黢的画面。如果伸手去触碰，手感一定是冰冷坚硬的——就像一把匕首的刀面。
　　事实上，沙也加独自一人时和与一群朋友玩儿的时候完全判若两人。其实关于这一点，大部分人都一样，只是他们自己没有意识到罢了。
　　看样子沙也加似乎隐约感觉到了，自己好像正被谁偷窥。

她不时会像受惊的小动物一样左顾右盼。

这可不是好兆头。

过度恐惧的话，目的可就不好达到了。

这是在干什么？快啊！快啊！赶快动手！猎物就在眼前，而且浑身都是破绽啊……

虽然知道自己内心满是过度的残暴，但是究竟还要留那女孩儿到什么时候？明知道再过不久她可能就要采取什么自卫手段了。

伸手到外套上方的口袋里摸索。那儿放着一把刀刃锐利的匕首。利刃此刻正好好地折叠在刀鞘之中。

一旁的街灯仿佛叹出一口气般，突然亮了起来。原来太阳已经下山了，四下突然陷入沉寂。不知何处响起一阵犬吠，在大道上来往的车声，也都离这儿足够遥远。

万事俱备，接下来只要静待那一瞬间就好了。

那久候多时的瞬间，决不能让它跑了，那绝好的机会——

屏息凝神，等待对方出现。

然后，就是那一刻的到来——

快速将手滑进口袋，取出折叠刀。在家都练习过无数次了，这一系列动作已经行云流水。啪的一声，舒适悦耳，刀刃从刀身弹出，街上的灯光洒在刀身上，闪耀着青白色。那并不是一把很大的刀，不过刺穿心脏还是游刃有余的。

右手握刀，双目紧盯猎物。倘若视线如针，猎物此刻早就气绝了。

尽量不发出脚步声，拉近同猎物之间的距离。随后，再将因为手心出汗而打滑的刀柄握得紧些，正在此时——

突然，肩头搭上了一只手，就在那一瞬间——

"您要做什么？"

背后响起一个声音。

"安……藤？"

4

"安藤，安藤女士，您是安藤麻衣子的母亲，没错吧？"

神野菜生子语气柔和地确认后，慢慢走到了她眼前。突然在如此意外的地方被人认出，女人一脸不安地望着菜生子微跛着拖行的右脚。

为了让对方不再戒备，菜生子冲她微笑。

"我们不久前才见过面的吧？虽然您应该不记得了。是在您女儿的葬礼上。"

安藤麻衣子的母亲先是被吓了一跳，随后立即低声吼道："别妨碍我！这样会放跑他的……那个杀害了麻衣子的男人……"

她暗淡的双眸之中映出两个几乎要湮入黑暗的人影。走在前面的是身穿深色制服的少女，距离她五六米远，还跟着一个穿黑衣服的人。后面这个人仿佛是在跟踪少女，走得悄无声息。

"请您冷静一下。"

菜生子声音清亮，制止了对方的进一步动作。

"那个人是女性，而且也并没有杀害您女儿。她是我们学校的英语老师，还是您女儿的班主任。"

菜生子话音未落，对方的手已经失了力气。刀子发出喀啷一声脆响，掉在柏油路面上。菜生子蹲下身捡起那把刀，细心地折叠好，收进自己的口袋。

"这把刀我就先替您保管了。"

麻衣子的母亲仿佛完全没听到菜生子的声音般，双眼仍紧盯着黑暗中的那两个人影。

很快，人影拐过街角，消失了。

"抱歉，自我介绍得有些迟了。我是花泽高中的校医，鄙姓神野。能和您聊聊吗？"

对方又看向她，但是不发一言。她看上去像失去了力气一般，只是凝望着街灯照射出的一团团模糊的光。

稍等片刻后，菜生子开口了："城尾同学是最近刚开始讲起麻衣子的幽灵的。她看上去精神受到了极大的打击，为了问清楚实际发生了什么事，还真是颇费了一番力气。可是，这也是再正常不过的。因为连城尾同学自己都不知道究竟发生了什么。为什么幽灵突然只出现在城尾眼前呢？那个幽灵又为什么必须是麻衣子呢？这一切都只能由我们来推测。"

神野菜生子稍做停顿，紧盯着对方的脸。

"我也曾是个十几岁的少女，因此多少能了解这些女孩子的心思。这个年龄段的女生真的注意不到周围。她们眼里只有自己、朋友，以及自己感兴趣的东西，除此之外就什么都看不到了。所以，城尾同学并没有看到你。假如城尾同学注意到了你的视线，转过头，她也绝不会觉得自己身后的这个人有什么可疑。对于年轻女性来讲，走夜路时，如果尾随自己的是男性，那的确非常可怕，但如果是女性就不会怕了。再加上，如果这女性和自己母亲年龄相仿，气质又很好，那就绝对称不上是'可疑人物'了，对吧？所以，城尾同学根本'看'不到安藤女士。但唯独那股执拗的视线，她总是会隐约感受到，而且每次转过头，总觉得身后的人她好像见过——但是，身后又并没有什么可疑的人。这种情况一直持续下去,最终,您觉得会发生什么?"

这一次,菜生子终于捕捉到了对方的视线。那位女性眼中充满质疑和迷惑,瞪着菜生子。

"成尾沙也加开始逐渐对幽灵的幻影感到恐惧。那么,她又为什么第一时间将幽灵和安藤麻衣子联系起来呢?除去她那悲惨的死因之外,还有一点……今天,再次看到您的脸,我便确信这一点。您真的,和麻衣子同学非常相像。"

始终瞪着自己的女人眼中瞬间盈满了泪水,泪珠滴滴从脸颊滑落。她的精神已经绷到了极限。菜生子一边同她讲话,一边垂下眼帘。她该说的那么多话,如今也已行将收尾。

"安藤女士,您一直在追查杀害您女儿的凶手,对吧?"

"嗯。是啊。"安藤的声音低沉沙哑,但她回答得非常迅速,"不然我还能做什么?警察毫无作为,完全是废物……如果袖手旁观,接下来还会有女孩儿遇害的……所以我想,我得趁凶手再次下手前抓住他,亲手撕了这个杀人犯!"

说到最后,她的声音近乎嘶吼。

"您的心情,我很理解。"

"你懂什么!"

"不。"菜生子平静地打断她,"我很理解。"

麻衣子的母亲仿佛被对方的气势压倒般,陷入了沉默。

菜生子轻轻按着对方上衣口袋里的刀,低声道:"您准备做什么,我大致能推断出来。而且我知道,您准备一直跟着成尾沙也加,直到凶手出现。所以我才让刚才的那位老师——就是麻衣子她们的班主任小幡老师,打扮成男人的模样,一见成尾同学路过,立即从那边的转角跑出来追在她身后。这样一来,就能明白您想要做什么了。"

其实，拿自己做诱饵设陷阱，这是康子主动提议的。

"我说实话。"

对方在黑暗之中露出一个微笑，那笑容无比凄美艳丽。

"我想要的，是复仇。"

两人陷入短暂的沉默之中。

"为什么是成尾同学？"

"欸？"

"您似乎非常确定，凶手的下一个目标一定是成尾同学，对吧？您为什么能这么确定？"

听到菜生子这么问，麻衣子的母亲默默地从手包中拿出一本小手账。翻开的页面上，贴着一张邮票大小的贴纸。

"最近的照片能像这样粘贴起来呢。我根本不知道……直到我看到了这个。"

菜生子紧紧地盯着那本手账。

"麻衣子同学，成尾同学，还有……"

"还有野间直子。她也被杀害麻衣子的男人攻击了，但是死里逃生，捡回一条命，对吧？"

这一事实，报纸新闻可都没有报道过。

"这件事……您是从警察那儿得知的吗？"

对方冷淡地点了点头。

"是警方询问我的。他们问我知不知道麻衣子和这个学生接连被攻击的原因。我完全不知道，当时的确如此。可后来，我在那孩子的遗物中发现了这本手账，看到了这张贴纸。我还听说，这种贴纸一次能做好几张一样的。"

"您认为，凶手可能偶然获得了这套贴纸中的一枚？"

"照片中的三个女生,已经有两个被袭击了,根本没法保证第三个不会遇袭,不是吗?"

"那个……"突然,黑暗之中传来第三个女人的声音,"我觉得您说得恐怕不对。"

是小幡康子。她已经将成尾沙也加送回了家。

康子穿着暗色的裤子和宽松款式的外套,头发卷起来,藏进帽子里。在朦胧的夜色中,从远处看,的确像个小个子男人。

"那孩子……成尾沙也加,她在收集这种贴纸。站前的游戏厅里有这种机器。我也亲眼见过,她见到个同学就要抓着人家一起拍照。不过,也不只是她,全校的女生都在流行拍这个。不过,我们校方其实是禁止学生进入游戏厅的,所以一旦被老师看见,照片贴纸就会被没收。这就是玩具,是拿来玩儿的东西。"

"没收上来的贴纸会怎么处理啊?"

"这个问题,麻衣子当时也问了。"

听到康子这样讲,麻衣子母亲的表情微微起了波澜。

"会烧掉。校规是这么规定的。"康子露出一个并不赞同校方行为的表情,"当时我也是这么回答麻衣子的。于是她说,能不能让她留一张,一张就行。"

"就是这张照片,对吧?"

"是的,剩下的烧掉了,真的全都烧了。所以,其他人是不可能再有这张照片的。"

麻衣子的母亲张了张嘴,似乎是想说些什么,但结果她还是什么都没说出口,只是面容扭曲,露出一个哭笑不得的表情。

"安藤女士……"

听到康子如此称呼,她脸颊微微抖了一下,回答道:"老师,我已经不姓安藤了。"

5

回家路上,两个人的脚步都很沉重。

"我之前是听说他们分居的事来着……"康子声音中带着些疲惫,喃喃道,"结果还是正式离婚了啊。"

"可能正是因为如此吧……"菜生子的回答声也带着深深的疲劳感。

"野间同学的母亲去世了,对吧?小幡老师,您在班上见到过她们两人玩得很好的样子吗?"

康子重重地摇头。

"没有啊。她和同班同学始终是有距离感的……至少看上去是那样。"康子偷偷瞟了一眼同事又说,"不过在校医务室的时候就不一样了吧?"

菜生子沉默地点了点头。

自那之后,两个人很久没有再开口。

小幡康子想:共同的秘密、自卑意识、内心伤痛,能将人与人结合得多么紧密呢?

在镜头前露出灿烂笑容的安藤麻衣子,拍照时在想些什么呢?她又是用什么样的心情看着手中的贴纸,并将它贴到手账上的呢?

她会发出少女的浪漫唏嘘,就仿佛在喜爱的诗集中夹了一枚四叶草一般吗?

神野菜生子也在想——

她的思绪一如既往,轻飘飘地在空中游荡。出现在头脑之中的,是一只企鹅。

在某个地方,有一户人家养了一只企鹅。企鹅原本是成群行动的生物，只有一只生活的话，会很寂寞。于是，主人在企鹅居住的房间内贴上了镜子，那企鹅在今天、明天、后天，都误把出现在镜子之中的自己当成了好多好多的同类……

她似乎是在电视上看到的这一幕，那景象仿佛童话一般。

大家都是站在镜子前的企鹅。

这是菜生子最终得出的结论。

把和朋友们一起照的照片贴满手账，这才总算安下心来——看啊，我有这么多的好朋友呢！确认了这一点，才终于可以放心了。

镜子之中微微笑着的，是上百个自己……

"太阳一下山，就突然觉得好冷。"和这句话的内容大相径庭，康子的声音十分开朗。

"对了，神野老师，接下来咱们去吃点热乎乎的东西吧？"

菜生子那仿佛断线风筝般越飘越远的思绪，被同事温暖的手抓紧，拉回了现实。

待开口回答时，菜生子才注意到自己真的是空空荡荡——而且不只是胃。

康子朗声继续道："刚才我问了成尾同学，这附近就有一家蛮有名的拉面店哦！"

"好耶！"菜生子声音活泼地回答。

两个人仿佛少女一般，对视着笑了。

暗夜乌鸦

1

山内伸也蹦蹦跳跳走上了地铁台阶。他踩着皮鞋发出的轻快脚步声,逐渐变成了踩水的声音。台阶从中段开始向上,布满了湿鞋底踩下的脚印。地铁出口处吹来一阵潮湿的风,天色刚擦黑,银座的霓虹灯亮了起来。他瞄了一眼腕表,六点五十八分。离约好的时间只有两分钟了,糟糕,得快点!

他猛地冲上台阶,冲出地面。此时,不知何处传来乌鸦的叫声。

伸也吓了一跳,下意识地停住脚步。那乌鸦叫得也太大声了。不知是不是因为它隐身夜色,伸也看不到其身影,但听声音应该离自己不远。乌鸦"嘎嘎,嘎嘎"地哑着嗓子连叫了四声,停顿片刻,又叫了两声。

真讨厌啊。伸也想。

(乌鸦叫了四声,然后又叫了两声。四二鸦①。)

是谁说的来着?对了,是乡下的奶奶说的。她说乌鸦这么叫,就说明有人死了。

说起奶奶的迷信程度,那简直像真金不怕火炼一般,从没动摇过。茶叶梗立起来,她立马恭恭敬敬去神龛拜拜;绝不在夜里剪指甲;路遇灵车一定会把拇指藏起来……奶奶的父母明

---

① 四二(しに)与死亡的日语发音相近。

明早就死了。

奶奶特别讨厌乌鸦。

（先叫四声又叫两声，这叫四二鸦，暗夜乌鸦就意味着死亡。）

她好像总是这么说…

"哪有什么关系啊……"

伸也低声叨念了一句，耸了耸肩膀。

银座这儿，不，是整个东京的乌鸦都很多，多得惊人。虽然还是人的数量更多。

人那么多，总会有人死。无论乌鸦叫还是不叫，人都是这么乌泱乌泱地多啊。

倘若这城市里有成百上千万人，那么这些人是死是活，伸也现在也毫无兴趣。不，不管这世界上有谁发生任何事，他都不会关心——除了那唯一的女子。

伸也常想，人与人相遇，尤其是男女之间的邂逅，真是很不可思议的一件事。

每当想到她，伸也就会自然地露出微笑，但他暂时还没发现这一点。从公司大门飞奔而出，奔向银座的一路上，伸也一直面带淡淡的微笑，不断回味着自己和她从相遇至今的点点滴滴。

洼田由利枝是伸也所在公司的前台小姐。

"哎呀，山内，前天来了个新人哎，这次的女生也很可爱哟。"

去年四月初，晚伸也一年的后辈杉野一脸高兴地对他说。

"你啊，怎么就专对这种事敏感呢？"

伸也半是惊讶半是佩服地望着后辈的脸，待他将视线转到那个前台女生身上时，不由得产生了"怪不得"的想法。

由利枝姿势有些僵硬，她表情认真，脸上挂着十分紧张的微笑。即便如此，她仍美得令人心下一惊。双瞳乌黑圆亮，仿佛食草动物一般温柔。酒红色制服和雪白皮肤之间的色差简直耀目。

怪不得，她的确很美。伸也在心底里重复。但是他当时的感想，和看到橱窗里展示的美丽洋娃娃时产生的感想几乎相同。

第一次和那个洋娃娃交谈，是在去年六月，也就是距今整整一年前。

当时伸也深陷惊慌失措的状态之中。一场重要会议马上就要开始，上司却指出他的会议资料内容不全。为了把资料做得更完美，他得去地下资料室再多参考一些资料数据。

慌慌忙忙借来资料，伸也站在电梯旁等着上位于十四楼的会议室。谁知偏偏这时电梯维修，有一边电梯禁止使用了。或许是因为乘坐者比较多吧，另一边的电梯在每一层都停了很久，等了大半天，电梯根本没有往地下来的意思。

无奈，伸也只好冲进了公司高层专用电梯。电梯内的地面铺着红色绒缎，做了特殊装修。自然，一般员工是禁止乘坐这种电梯的。

电梯门关上后，伸也松了口气，可紧接着，电梯就在一楼再次打开。令他心里一凉的是，眼前正站着常务董事赤城，跟在他身边的是那个新来的前台小姐，她手里还拎着常务的公文包和纸袋。

赤城常务对社内规矩是出了名的讲究，甚至因此得名"赤鬼"。伸也常听传闻讲，凡触到他逆鳞的职员，统统会被赶走。

伸也此刻正被赤鬼紧盯着，他知道自己要被斥责了，不由得缩起了身子，正在这时——

"不好意思，您是本社员工吗？"

一个意想不到的、凛然有力的声音响起。是那个身穿酒红色制服的前台小姐。她的视线落在伸也的左胸上，那儿别着印有公司 logo 的名牌。

"是……没错。"伸也畏畏缩缩地回答道。

她板着脸，不露一丝笑容地继续说："您知道吗？这是公司高层专用电梯。今后请不要再使用了，可以吗？"

伸也对她这种越俎代庖的行为感到有些恼火。

明明就是新来的前台而已，她在说什么呢？偶尔还真能碰上这种人啊，因为是高层官员的秘书，说话就一副趾高气扬的样子。这不就是狐假虎威吗？喊。

伸也深深吸了口气。

"实在抱歉！"他有意无视她，面朝常务十分夸张地鞠躬道歉，"都是这可恶的定期检修电梯业务，我等了好久的电梯就是不来。因为要紧急将会议资料送到，我实在太过焦急，才做此轻率之事。今后我一定会多加小心的。"

或许是因为他的动作过于滑稽，也可能是他道歉的内容过于夸张，抑或是两者皆有吧，总之，赤城常务只是苦笑了一下，挥了挥手。

"算了，本来想去找你上司投诉的，这次就饶过你吧。工作要多努力啊。"

"是！非常感谢您！"

伸也一边强有力地回应领导，一边在心里默默地想着：公司组织可真蠢啊，整个像一场猴戏似的……

话又说回来，人与人邂逅的定义又是什么呢？为邂逅下定义似乎很难，不过相距半径一米之内，并且有一定的语言交流，这或许就算是一场邂逅了吧。从这个程度来看，这件事毋庸置疑就是伸也和由利枝的初次邂逅了。

在将漥田由利枝当成一个具体的女孩子来看以前，伸也无论如何回溯自己的记忆，都感觉她身上的东西始终是一样的。明亮的酒红色上衣，同色的紧身裙。长发编起来绾在颈后。嘴唇上涂的口红绝不过分鲜艳，还有一个职业微笑，永远挂在脸上……

其实，这就是由利枝入职之前，在同一个位置坐着的历代前台的形象，根本一点变化和不同都没有。

伸也所在公司的雇用方式主要分两种。其中大多数是伸也这样的正式员工，剩下的则是邮寄、印刷、警备、事务所管理、员工食堂等以服务正式员工为职业的服务型部门，后者主要是由子公司选聘的。

前台也一样。虽说是子公司，但其实和别的公司没有什么不同，前台这种工作的性质，决定了她们和内部员工之间的接触机会极为稀少。

即便如此，从普通员工的角度来看，其他的服务型人员在公司里就仿佛空气一般，存在感稀薄，可是前台小姐就不一样了，她们既华丽又醒目。做前台工作的都是美人，而且身材也好，特别容易成为大家的谈论对象。

比如，有几个年轻员工不作声地从前台路过之后——
"我选右边那个。"
"我懂我懂！你是不是比较爱那种大小姐类型的？要我选的话，我就选左边的。"
这样的对话在同事间时常出现。
而女员工也有她们的感想。

133

"只有前台的女孩子才能穿那么可爱的制服，太不公平啦。这不就等于承认了我们的制服很土吗？"

伸也听到过和他同期入职的其他女孩子这样抱怨。

"就像那种只把进门那点儿地方装修得很豪华的公寓一样，真讨厌。"

"衣服好看是自然的啦，那是特别定制的，不是量产。新人入职，要按照那个新人的尺码去定制服装，性价比可真低。"

伸也下意识提到性价比，也是因为平日里他们总是被上司念叨着要节约经费、节约经费，听得耳朵都快长茧了。

然而，同期的女孩子却突然眯起眼，用一种怜悯的语气说："你好傻啊。公司肯定是照着制服的尺寸去招人的啊。"

且不说她这话是真是假，伸也这才意识到，原来这些平日里坐在前台后面，腰挺得笔直，化着十分统一的妆容，面露同样微笑的前台小姐，在他人眼中，就和统一规格的假人模特一样。

在这一点上，湟田由利枝也是一样。

所以，伸也第一次见到身穿私服的由利枝时，根本没把她和那个给人机械印象的前台小姐联系到一起。他感觉自己仿佛看到了某种十分不可思议的东西一般，顿时大受震撼。就连对方是人类这件事，都把他震撼得够呛。

她简直像一只纯白的小鸟。

伸也这样想。

那是一个夏日，伸也比往常早一个小时出了家门，那天预定要去较远的城市出差，不过伸也准备先去公司一趟，因为必须要把制品样本拿到手才行。

到了公司所在的街区附近，他注意到一个人正沿着还没什么车辆经过的十字路口上的人行横道，向自己这边慢悠悠地走过来。最先闯入眼帘的是耀眼的白色。那是一条材质看上去极其柔软的连衣裙，被那片白色布料包裹着的，是一个年轻的女孩子。

大厦之间吹过的风带起白色连衣裙的裙角，伸也看在眼里，联想到了一只白色的鸟儿正优雅地展开双翼。露出的小腿部分仿佛温润的白蜡，只在裙角飞扬的一瞬，进入他的视野。

等对方都走到自己面前时，伸也才意识到，这截漂亮匀称的小腿的主人，其实就是他们公司的前台小姐。

可是，他还是很难相信眼前的女生和那位前台是同一个人。那个在电梯间里语气生硬、态度冰冷的女性，那个在前台挺直腰板坐着、穿一身酒红色制服的女性，她现在就仿佛脱离了模子的果冻，突然离开了既定的轮廓，变得柔软了——大概就是这种感觉。

就在那时，一个念头突然在伸也头脑中闪过：关于当时在电梯间里发生的事。

她是不是在帮自己呢？

直接被严守规矩的常务怒斥——为了避免这种尴尬的事态出现，她便抢在常务前面开口了，结果就为伸也争取到了解释和道歉的机会。该不会，她只是表现出提醒伸也的样子，其实是反过来在为他辩解？

倘若真是如此，那自己可真是太愚蠢、太无脑了。

对方似乎注意到了傻站着的伸也，停下了脚步，紧接着露出一个微笑。那笑容要比她身上那雪白的连衣裙，以及轻抚脸颊的微风还要温柔。

为"邂逅"下一个定义是很难的。但是，若要用恋爱开始的那一瞬间去形容这个词的话，那么至少对于伸也来说，那个夏日的清晨，他毋庸置疑地邂逅了由利枝。

2

神野菜生子翻开日志，又从抽屉里拿出笔。正在这时，从她背后伸出一个穿着深蓝色制服的手腕，从抽屉里捏起一个东西。

"呵，老师也有口红欸。"

"那不是口红啦。"菜生子苦笑道，转过头去对那女生说，"那是打火机。"

"欸？"少女的眼睛睁圆了，她手上摆弄着那个金色的小圆筒。啊！还真是！女生咕哝着。随后，她又露出一副共犯者的模样道："其实老师也会吸烟，是吗？"

"不，我不吸。"菜生子轻轻耸了耸肩，"这是我帮别人暂时收着的。"

"是我们学校的学生对吧。"

少女的声音略微笃定了些。

这个女孩时不时就会用肯定的语气说话。她的断言大多是毫无根据的，不过她的直观判断倒大都是对的。这反而令人感到有些棘手。

"你都不从我那儿收香烟和打火机不是吗？"

她甚至反用一副指责的语气说话。

"那你的也给我吧，拿出来。"菜生子突然伸出了手。

"我这么跟你说，你愿意老实交给我吗？"

少女没有回答，而是一屁股坐到了一旁的白色简易床铺上，手在裙子的口袋里摸索。

她一直会在放生理用品的小盒子里藏几根烟和一支打火机。这一点菜生子很清楚。因为负责生活指导的教师是男性，所以这个藏法实在高明。盒身印了商品的名称，很少有老师会怀疑里面的东西。就算有人觉得可疑，那么只要少女尖叫一声，表明自己厌恶的情绪，对方就只能速速收回自己的想法和企图。

菜生子从很久之前就知道了少女这小恶魔般的想法，但她有意没有泄露出去。面对少女本人，她也没有直接斥责，而是在满足两个限定条件之后默许了其所作所为。

第一个条件，一天只可以吸一根。第二个条件，不可以在菜生子的视线之外，也就是校医务室以外的地方吸。

其实，菜生子定下的这两条"密约"，根本不会得到校长或其他老师的赞同。而且，眼前这名高傲且带着些不安稳气息的美少女，怎么可能被这么一两条口头约定束缚住呢？

所以，菜生子的目的根本不是拘束她。对方是比自己小了一轮的少女，如果想要获得和她一样的所见所闻，有时就需要弯腰屈膝——这才是重点。

"今天不行，不能再吸了……"

少女无视皱起眉头的菜生子，从装着生理用品的小盒子里拿出一根细长的东西——那当然不是什么卫生棉条。少女将它衔在了嘴里。

"我不会吸的啦，我就衔在嘴里而已嘛……"

少女用撒娇的语气辩解，紧接着，她又将那个金色的圆筒点着了火。

"真的啦，我只是想用这个点点火看看啦。"

少女将火焰对准香烟，并没有合上打火机的意思。她脸上露出一副出了神的表情，一直凝望着橙色的火焰。少女的脸颊似乎映出了火焰的影子，显得双颊通红。

神野菜生子轻声叹了口气："我很担心啊……"

"担心什么？"少女的视线仍未从火焰上挪开，十分不经意地随口问道。

其实老师说什么我都无所谓，但是反正你也起了话头，就说给我听听吧——少女给人这样的感觉。

少女的这种动作，常在她的言语行动中忽隐忽现。

"我想起以前在这所学校念书的孩子，她也是一直盯着打火机的火焰看。"

"那个同学做了什么事，那么让老师担心呀？"

咔的一声，少女总算将打火机的盖子合上了。随后，她慢悠悠地转过脸来，轻轻一笑。

"难道她纵火了吗？"

短暂的沉默，随后菜生子略显犹豫地点了点头。

"嗯。你说得没错，她在学校纵火了。"

<h2 style="text-align:center">3</h2>

在地铁里的这段时间，雨势渐小。胳膊下夹着的软皮包里放了把折叠伞，但伸也等不及花时间打伞，他一口气冲进了银座熙攘的人群里。夜色刚至，霓虹灯也才刚刚亮起。

身后又传来一声乌鸦叫，就仿佛飞溅到裤脚的泥水。不过，那种带着浓浓乡土气息的、不祥的迷信，早就在伸也心里消失得一干二净了。

幸好没有约定在 Mullion 大厦或是 Sony Plaza 前见面。要是先会合，再去酒店的话，大概要远远迟于预定的七点才能到了。关键是，他怎么能让她在雨里等自己呢？她是个非常认真严谨的人，迄今为止的约会，她还从未迟到过。

明明在同一家公司上班，但还要另约一处地方碰头，想来也有点奇特。她似乎对于公司内部的流言蜚语极度抵触，几乎到了神经质的地步。

的确，伸也的内心也十分复杂，即便没有恶意，他还是不希望同事们八卦他们两人的感情。但与此同时，他又颇有些自得——借用后辈杉野那略显轻浮的表现就是"漂亮姑娘被我搞到手喽"的那种成就感。说实话，这种非常符合年轻人逻辑的想法，他不是没有。

两人从开始交往到现在也快满一年了。话虽如此，他们之间的关系却丝毫没有进展。伸也可以说是焦急万分。

对方真的喜欢自己吗？而且，是不是因为觉得分手了会很尴尬，所以才一个劲儿地隐藏社内恋爱这件事呢？伸也总忍不住这样胡思乱想。

不过，他本性是个明朗欢快的乐观主义者，所以从心底里不相信自己的这些怀疑。虽然她的态度非常重要，但是他并不会长时间地心怀莫须有的疑念。

可以说，目前两个人的交往是极度顺其自然的，而人类对于金钱和爱情的态度往往相似，就是越拥有，越想要更多。他们之间的情感宛如略缺一角的月亮，伸也始终在心中思索着让其满盈的方法。

果不其然，走进约好的酒店，由利枝已经先到了。他本想轻松地同她打个招呼，但却突然噤声不语了。

有一股令人感到很难搭话的气氛，将由利枝包裹起来，那气氛就仿佛一团看不见的火焰。

由利枝的视线停留在离她很近的一点上。她双手交叠，搭在桌子上，一双眼睛凝神思索着什么，紧盯着那个点。

那是摆在桌子上，正摇曳着光芒的一枚小小蜡烛的火焰。

"客人？"

在侍者略显惊讶的催促下，伸也急忙大踏步走近桌子。由利枝也注意到了他，脸上露出一个宛如鲜花绽放般的美丽笑容。她的双眼还和往常一样，在纤长睫毛的衬托下显得温柔可人。

"是不是饿了？"伸也在侍者拉开的椅子上坐下，带着些俏皮地问道。

由利枝那略有些迷茫的表情好可爱。

"看你用卖火柴的小女孩一样的眼神看着蜡烛的火光，一副肚子饿得快要死掉的表情。"

"讨厌啦。"由利枝轻声笑道，"我只是在发呆而已，毕竟来得有些早。"

"那为了这位等急了的女士，就让我们快些点单吧。不过说起来，我对这里的菜单还不太熟，选个套餐可以吗？"

"好啊。"

"那就这两个套餐吧？"

这种场合下，伸也从不会瞻前顾后，犹犹豫豫。

点过单，侍者离开后，伸也突然露出一副心神不宁的模样。

"怎么了？"

由利枝注意到了他的反常。

"那个……"伸也张口，随后注意到自己的嗓子有点哑，便喝了口水，说道，"我在过来这边的路上想到了……"

"什么呀？"

"想到了初次与你邂逅的事。"

由利枝露出一个恶作剧的表情，转转眼睛道："电梯里的任性姑娘？"

他们二人第一次约会，聊到的第一个话题就是"电梯事件"。伸也没猜错，由利枝当时情急之下的判断就是，应该假装"插嘴教育"一下，这样最好。

"不是啦！怎么，你觉得我们第一次的邂逅就是那一回吗？"

"哎呀，不是啦，我没说过吗？在我这儿的第一次相遇还要更早呢。"

"这还真是头一回听说，也就是说，你刚进公司就远远地望着我啦？"

伸也嬉笑起来，正在这时，前菜来了。

"是呀，我的确在远远望着你哦。"由利枝姿态优雅地用叉子插起三文鱼和洋葱片，送到嘴边。

"每天早上都是踩着点跑进来，还无视员工通用入口，从一楼乘电梯进去的人嘛，我当时看在眼里，心想：真够呛呢。"

从员工通用入口需要径直通过正面玄关但不走进去，它的位置得要转到建筑物的侧面才能看见，而且还要经过一截下到地下的楼梯和细长的通道，绕个大远才能走到。别说马上迟到这种十万火急的情况，就算搁在平时，也没人老老实实地按照要求去走那条路线的。

"这位女士，看来您完全不理解哦。"伸也十分坦然地说，"正面玄关可是坐着漂亮的前台小姐呢，所以忍不住就要往那儿走呀。"

"哎呀，真会说漂亮话。"由利枝咻咻地笑了，耸了耸肩，"不过说句认真的，你觉得我们的初次邂逅是什么时候呀？"

"我记得很清楚，是夏天，一个早上。"伸也说到这儿突然停下不说了，他觉得自己脸颊有些发烫。

快别这样，太不像自己了……

"我当时觉得，由利枝你简直就像，就像纯白的鸟儿一样……你穿着白色的连衣裙，感觉，就打个比较单纯的比方，就像只白色且修长的，漂亮的鸟儿，比如海鸥什么的……"伸也又停下不说了，随后他开心地笑了起来，"由利枝的话，就是红嘴鸥①吧。总之就是雪白雪白的，纯洁无瑕的、柔弱易碎的……柔弱得需要人去悉心保护。我一直都是这样想的。"

由利枝双眼微微睁大了些，但却没有开口。伸也清了清嗓子，用在他自己看来极为自然的样子——按照他在地铁里反反复复练习的流程——表白了。

"或许，我从那个早上起就是那么想的，我的新娘，就是这个女孩。"

由利枝的表情完全没有变化，只不过视线垂了下去，仿佛被蜡烛的火焰所吸引了一般。

"你在听吗？"伸也声音略有些沙哑地确认道，"我现在可是在向你求婚呢。"

为了获得那轮完美的满月，伸也得出的结论就是——求婚。

当然，他倒也没想要立即着手准备婚礼——如果对方有这个期待，那也完全没关系——不过他不奢望这么多。毕竟由利枝还很年轻，她去年才参加了成人式。所以，只要一个口头的约定就好。由利枝是那种只要约好就一定会遵守的女孩，他有这个信心。

---

①红嘴鸥，日语称其为"百合鸥"（yurikamome），而由利枝名字的读音为（yurie），前两个音的发音相同，固有此说。

她应该会点头的。

一想到这个好主意,他急急忙忙地就去预约酒店了。当时他就觉得由利枝会同意——不,如今,在这一瞬间,他依然毫不怀疑。由利枝的脸颊会染上一片玫瑰色,她会羞答答地点头——这绝不是伸也自负,但她的反应只有可能是这一种,不可能有其他。

可是,二人之间突然跌入一阵死寂,这气氛让伸也的胃猛地缩紧,他那天真的自信瞬间被击得粉碎。而且,那阵在伸也看来过于漫长的沉默之后,由利枝竟扑哧一声笑了。

虽然她的确在笑,可是那双眼睛之中却含着怒意,同时还带着哀伤。

"我现在明白了,你对我真的一点都不了解,才能说出这种话来吧?我才不是什么'雪白的鸟儿',我不纯粹,也不纯洁。别说柔弱易碎了,我反倒会伤害别人。"

她的声音低沉,仿佛在喃喃自语。

"你知道吗?红嘴鸥还有个别称,叫海中的乌鸦。这种生物很贪吃,会在填埋地里啄食垃圾,这种事你知道吗?"

"你究竟在说什么……"

"你不知道对吧?你什么都不知道啊,所以……"

由利枝的眼眶突然湿润,溢出了泪水。

伸也如堕入五里雾中,他呆愣着坐在那儿,听着对方说——

对不起,对不起,对不起……

在断断续续的呜咽间隙,由利枝无数次地重复着。

"……就是说,你不想和我结婚,是吗?"

伸也有些恼火地小声嘀咕。他那泛滥的恋爱心和一点点不值一提的尊严,都被彻底伤害了。但是无论如何,他还是要确认这一句的。

由利枝微微动了动头，看不出是肯定的意思还是否定的意思。伸也想再重复一遍自己的问题，可正在这时，由利枝脸上突然浮现出一个极度扭曲的微笑："我不能和任何人结婚，因为，我杀过人。"

4

"欸？挺厉害的嘛！"

少女抓着长长的头发捋上后脑，露出一个笑容。

"纵火烧学校，太棒了吧！"

她说这话的口吻就像是在和自己的同班同学聊天一样，非常随意。仅就少女来说，这可不是个好兆头。

"只是点了小火。"

菜生子尽力用比较冷淡的语气补充，但她依然意识到自己多余提及这件事了。更何况，眼前偏偏是最难对付的家伙啊。

"真蠢。"少女扑哧一声笑了，"就只是点了小火啊，真蠢。既然要点火，就应该把学校全点了，把整个学校都烧了才好嘛。"

"要是学校没了，你就只能一直待在家里了，这样也可以吗？"

此话一出口，菜生子又后悔了。为什么自己在这孩子面前就总是说些多余的错话呢？

少女露出有些扫兴的表情，耸耸肩道："那……就把家也烧掉好了。把家和学校都烧成灰。烧得一干二净……这样肯定超清爽。"

"这种话，你不该说的。"

"哎呀，我可是很认真的。家，学校，爸爸，妈妈，还有我自己，我们全都消失就好了，这样一来……"

说到这儿，少女突然缄口不言了。情绪化的说辞和她高傲的气质不搭，这一点她本人最清楚。

但是，菜生子却能想象得到少女接下去想说什么。

这样一来，烦恼和愁闷，还有撕心裂肺般的痛苦，所有这一切，都能一起消散了——

"老师。"少女用十分成熟的口吻道，"老师，我爸妈终于决定正式离婚了。他们这阵子商量过了，决定还是这样比较好。"

"是吗……"

少女露出一个自嘲的笑容。

"真是司空见惯了对吧，眼下这种烦恼？到处都是这种事，多得吓人。"

"别这么说。世上本来就不存在什么'司空见惯'的烦恼，当然，也没有所谓'别具一格'的烦恼，对吗？"

少女并没有回答菜生子这句话。漫长的沉默后，少女小声问道："纵火，总共纵了多少次啊？"

"好像……差不多有三次吧。"

菜生子有意回答得含混一些，但是没什么意义。

"是我入学之前发生的事吧？我都没听说过哎。"

"嗯。是啊。"

"那个女生是有什么烦恼吗？"

"嗯。是啊。"菜生子重复道，"很烦恼，很害怕。"

"那个女生，现在怎么样了呀？"

"这个嘛……"

"求你啦，告诉我吧。我绝对不告诉别人。那个女生叫什么呀？"

"不行。"

菜生子的回答十分冷淡，但是少女却并没显得特别失望。理由很快便彰显出来了。

"ＹＵＲＩＥ（由利枝）"，少女将那枚金色的打火机凑到眼前，慢慢地读出了上面的字，"老师，你没注意到这上面刻的小字吗？老师，喂，老师，我想听听这个叫ＹＵＲＩＥ的女生的事，快告诉我。"

这句话已不是请求的语气，而是十分明确的命令。

5

洼田由利枝得到那支打火机，是刚入学市内私立高中不久的事。

"由利酱，你快看看！"

篠冢晴彦一副对自己十分满意的模样，当着由利枝的面"啪"的一声打开了一个薄薄的塑料盒子，里面整齐地收纳着各色各样的打火机。

"全都是我设计的哦！"

晴彦一边说，一边得意地鼻孔喷气。

篠冢晴彦是由利枝的表兄。他老家在静冈，之前为了念大学独自来了东京。由利枝的妈妈对自己这个外甥的照顾可以说是无微不至。直到他毕业后在市内的制造公司上班，还是会时不时跑来他们家。由利枝是独生女，所以在她看来，晴彦就像亲哥哥一样。

当然，"像亲哥哥"和"真正的哥哥"之间，虽然相似，但实际却大有不同。当时的由利枝对晴彦还抱有某种淡淡的情感，并没有明确到恋爱的程度，但又略略超越了向往的程度。

说起来，恐怕就是因为这种暧昧的感情，催由利枝说出了那句话吧。她从这盒打火机中挑出最为华丽，设计得最为特别的一支："我要这个。"

她抬高了一些音量，宣示自己的所有权，又带着撒娇的意味抬眼望着他，问道："行吗？"

表哥显得有些为难。

"呃……但这是要交给公司的样本，没有相同的替代品哎。"

"可是，人家就是想要。"

这其实单纯就是想为难一下他的任性而已。她非常明白，晴彦拿自己很没办法。

果不其然，晴彦道："好啦，那我就想想办法好了。下次我再来的时候应该就能把这个送你啦。"

做出这一承诺后，晴彦还抛了个蹩脚的媚眼。

差不多过了一星期，由利枝收到了一个小包裹。寄件人写的是篠冢晴彦，放在包裹里的自然就是之前被由利枝看上的那支打火机。在那个细长圆条的侧面，还刻着一行小字。由利枝发现之后忍不住暗自笑出了声。

那是罗马字的"YURIE"。

虽然这打火机算是硬要来的，但由利枝也并没有吸烟的习惯，这东西对她来说只能算是个无用的摆设。最终，这支打火机和润肤乳啊、浴后香水、唇膏一类的东西统统都放在了一个藤编筐里，摆在了飘窗边。

之后某一天，她突然发现藤编筐里只有那支打火机不翼而飞了。

为以防万一,她一一问过家人,可是大家都不知道打火机放哪儿了。由利枝觉得自己不可能记错,她的确就是把打火机放进了藤编筐里啊,而且那个地方也不太会掉出来或者滚到别处……

正在由利枝感觉自己像撞鬼了一般的当口,晴彦突然找上门来。他又是一副得意模样,情绪高涨地说:"由利枝,不好意思哦,那支打火机可不可以暂时再借我几天啊?那个虽然是没选上的设计样本,但是我们小组组长又改主意了,他说也可以交给高层再看看。这回说不定能成!我可能多借走几天,但之后一定会还给你的!这可是个超级好的机会呢!要是能量产,我送你一打不同颜色的,怎么样?"

表哥兴冲冲一口气讲了一长串,由利枝则越听越绝望。

眼下这当口冒出这么一档子事,只能说是点背吧。况且这打火机还是由利枝任性硬要来的。实在是太尴尬、太难堪了。

这段时间,由利枝不断地遇到各种讨厌的事。某天早上,母亲开门要取报纸,却突然发出一声尖叫后退回屋内。由利枝探头出去想看个究竟,结果她立刻就后悔了。

门口摆着的,是一只死猫的尸骸。

黑色毛皮看上去蓬乱干涩,估计是只流浪猫。身上到处都是被某种锐器挖出的伤痕。一侧的眼睛已经压烂了。红色的舌头像一缕未干的鲜血般摊在门口的瓷砖地面上。剩下那一侧眼睛仿佛死不瞑目一般大睁着。

"这可能是野狗干的吧。"父亲还是比较冷静的,但是他丝毫没有主动打扫猫咪尸体的意思,只轻飘飘扔给母亲一句"给保健所打电话吧"。

之后那件事，也是发生在一个早上。由利枝当时正准备去上学，走出家门没几步便站住了。她突然有一种被什么人偷偷盯着的感觉。由利枝转过头，忍不住低声尖叫——在比她视线略高一些的围墙上，摆着一个乒乓球大小的东西。那东西还长着眼睛和喙……

那是一颗血淋淋的鸽子的头颅。

打火机突然丢失，猫咪的尸体，还有鸽子的头……之后，第四件可怕的事情发生了。原本丢失的打火机又回来了，而且出现在一个意想不到的地方。

"这个，是由利枝找的那个东西吗？"

母亲正在院子里打扫时，突然说了这么一句。由利枝一听，急忙跑了过来。母亲沾了泥污的手上摆着的，正是那支金色的打火机。

"这个，是在哪儿发现的呀？"

由利枝理所当然会问出这么个问题。而母亲的回答实在是出乎她的意料。

打火机是在庭院里的海芋花丛中发现的。海芋又叫马蹄莲，是一种多年生草本植物。它会向着天空盛开白色喇叭形花朵。大家以为是花朵的部分其实是它的佛焰苞，位于中心位置的黄色棒状物才是花。母亲说那支打火机就被白色的佛焰苞包裹着，靠着花心摆在花朵中。

这究竟是谁干的？追问这件事之前，得先给晴彦打电话，告诉他丢失的样品找回来了。

然而电话那头，晴彦轻声笑笑说："哦哦，你说那个打火机呀。现在已经不需要了，最后公司选了其他人的设计。"

很明显，一个好机会就这样和他失之交臂。

晴彦一句苛责都没有，不过他似乎有些急事，草草说了一句："那再见了。替我和叔叔阿姨问声好。"

随后就立即挂了电话。

就这样，由利枝最终失去了和晴彦说声对不起的机会。

那之后，又过了几天。

来了一通打给由利枝的电话。时至今日，她仍旧鲜明地记得那一天发生的事。当时天气又湿又闷，正在下雨。她和母亲两人都觉得隐隐约约能闻到什么东西腐烂的味道。

"喂，你听说了吗？"初中时关系不错的一个姓冈田的女生压低声音说道，"影山君，他死了。"

6

"那个影山，和这个YURIE是什么关系呢？"少女一边用手指摆弄金色的打火机，一边微微歪着头问道。

"是同班同学……初中时候的。"

"呵。然后呢？是男生对吗？"

"嗯。"

神野菜生子点了点头。少女的瞳孔之中突然放出光来。

"我知道了！那个影山君，他喜欢YURIE是吧？然后，他被甩了，对不？"

菜生子沉默着耸了耸肩。这个少女总是把自己的猜测说得理直气壮，仿佛那就是事实。但往往，她的推测还真和事实无二。这一点，菜生子倒是早就习惯了。

少女仿佛参透了菜生子的内心一般，嘻嘻笑起来。

"我这是在模仿老师你啦。你不是也常常这样讲话的嘛。虽然我是瞎猜的,但其实都一样啦。只要得出的结论相同,不管是瞎蒙的还是通过逻辑推理出来的,结果都没区别嘛。"

"是啊,的确。我们二人的确有些相似。"

菜生子说出这句话后,眼前的少女终于不再挂着一副冷笑,而是露出一个略有羞涩的笑容。

"那……那么说,老师,你就应该懂我为什么对YURIE感到好奇了吧!对吧?"

"是啊,我多少能明白。"

"那你就告诉我吧,YURIE究竟对那个影山君做了什么啊?"

仿佛要瞬间震慑住眼前一脸认真的这个少女般地,菜生子突然如此回答:"她把他杀了。"

"杀了?"

"YURIE自己是这么认为的。"

菜生子露出一个视力不佳的人努力想要看清楚东西的表情,眯起了双眼。

关于这件事,菜生子从洼田由利枝那儿听来的信息也并不多。

能够确定的就只有这个名叫影山幸雄的男生是个遭受校园霸凌的孩子,还有,中学毕业没多久,他就因事故死亡了。

年仅十五岁便早夭的少年,他和由利枝之间究竟发生了什么?

菜生子从由利枝那儿听到的唯一一句具体的描述就是:"我说过……我讨厌戴眼镜的人。"

由利枝这样告诉她。

影山对由利枝心怀憧憬,这一点,菜生子从由利枝闪烁其词的表达之中多少能够察觉到。但是，从心仪的对象口中说出这样一句话，就算说话的人再怎么出于无心，少年的命运或许都因此走上了不归路。

这些都可以凭想象拼凑出来。但是，菜生子却不认为这些推论可以直接拿来当作定论。不过，运气不好的时候，人真的是喝凉水都塞牙。迄今为止，菜生子的人生就是这么告诉她的。

此时，菜生子回忆起了当初由利枝断断续续讲给自己的那几件事。

打火机消失了，又在意想不到的地方再次出现。猫的尸体、鸽子的脑袋，还有同班同学的死亡。

人心是极度复杂的。

倘若以上这一系列事件互相拉开一段时间再发生的话，由利枝就一定不会再做出那种事了。

7

影山幸雄是一个身形单薄，面色苍白的少年。他从儿时起体质就很弱，一阵风就能吹倒一样。体育运动样样不行，总是遭人笑话。学习成绩还算可以，但又没有好到能够收获尊敬的程度，反而更招那些差生的嫌恶。

在洼田由利枝看来，他就是个戴着副大大的黑框眼镜，总表现得战战兢兢的男同学。除此之外，就没有其他印象了。

少年最不擅长的就是在他人面前发言或发表意见。他说起话来本就咕咕哝哝的，又因为没自信，声音更是细弱蚊蚋、结结巴巴，最惨的是还会走调。国语和英语课上如果被点到名字朗读课文，他一读错单词，下面的同学们就会互相挤眉弄眼，如果发音错了，大家都是毫无顾虑地哄堂大笑。同学们甚至曾私下里串通好了，一致选他做班委，因为大家都觉得他那副在难以习惯的工作中绝望打转的模样很好玩，他越是拼命努力，大家就笑得越欢。

他的室内鞋被人塞过嚼剩的口香糖，班级扫除时还有人特意把他的桌子掀倒……这类的事隔三岔五就会发生。不过所幸——不知用"所幸"形容是否合适，总之，对影山幸雄的捉弄倒是并未进一步升级恶化，影山幸雄本人也始终是一脸傻笑地面对着这一切。

想必那些霸凌他的学生，也几乎毫无自己在霸凌他人的自觉吧。不过是想起来了就拿他逗个闷子，觉得没意思就不搭理他了。这种程度怎么能算是霸凌呢？我们一般认识之中的霸凌，应该是更加阴郁、卑劣、暴力的东西才对嘛。还有，影山幸雄本人不是也和大家一起笑呢吗？

技艺蹩脚的小丑。

这就是影山幸雄在这个班级里所扮演的角色。

可好死不死，小丑喜欢上洼田由利枝的传言突然四起。那是初中三年级第二学期的事。

走廊上贴出了修学旅行时拍摄的照片。大家可以把喜欢的照片号码填到申请单里，请学校帮忙再洗。影山幸雄猛推着他那副度数很深的眼镜，认真地一张又一张确认——他那副模样被某个眼尖的同学发现，于是一把抢过了他的申请单。

"这家伙好奇怪哦，申请的净是没有照到他的照片哎！"

这同学大声喊着，随后，他立即注意到了这些照片的共同点。

"这家伙申请的全是拍到洼田由利枝的照片！"

那不依不饶的高喊声响彻走廊。影山幸雄的脸腾地红成一颗番茄。

流言瞬间传播开来。当然，还被人津津有味地添油加醋过。

真烦人——听到这传言的瞬间，由利枝就这样想。而且，要不是影山幸雄的话，她倒还不会那么心烦。可是——凭什么自己的名字要和那种人摆在一起，遭人嘲笑？

再后来，随着时间推移，她愈加地感到羞耻了。随着羞耻心的加重，傲慢也在逐日加重。也正是这种傲慢，促使由利枝对影山幸雄说出了那句话。

那是大家快要毕业的时候。

不管是否符合期望，班里所有同学接下来的去向都定了。整个班级的气氛十分散漫。

"快看，影山君正热情似火地望着你哦，由利枝。"关系不错的男同学用十分滑稽的语气小声说道。

在场的几个同学全都噗地笑成一片。

的确，她时常感觉到影山在望着自己。当然，遇到这种情况，自己的选择就是彻彻底底地无视他。

"和我有什么关系啊？"由利枝因过度羞耻而大声嚷起来，"反正我最烦戴眼镜的！"

"啊呀！惨喽惨喽！"女孩子们聚成一团叫道。男孩子觉得有趣，生拉硬拽着把拼命逃避的幸雄扯了过来。

"怎么办呢幸雄君！你心爱的由利枝说了，最讨厌眼镜猴了。"某个男生这样说道。

此时，另一个男生也兴致勃勃地嚷道："那你干脆把眼镜拿掉吧！这样由利枝说不定会再重新考虑考虑哦！"

那人嘎嘎大笑起来，一把将幸雄的眼镜抢走了。

幸雄满脸通红地抗议着，可是那个黑框眼镜却被男生们扔在空中，你抛给我，我抛给你。这时，有个同学没接住眼镜。

不知谁"啊"地喊了一声。

眼镜掉到了地上，镜片虽然没碎，但是镜腿根部的金属连接处却摔得变形了。

幸雄沉默着捡起了眼镜。他想把镜框按回原型，可是手上刚一用力，就听"咔吧"一声，已经十分脆弱的金属连接扣瞬间折断了。

"哎呀，断喽！"

男生之中不知是谁毫无责任感地嚷了一声。

从那天起，一直到毕业典礼，幸雄一次都没再戴过眼镜。没戴眼镜的幸雄表情有些呆傻，班上好多人都在拿他的脸开玩笑。每当这时，幸雄的表情就略显出一丝哀伤，可是，他仍旧跟大家一起嘿嘿嘿地笑着……

"真的，吓人一跳对不对？"

不知对方对由利枝的沉默做何解读，总之，电话那头又是一声很夸张的叹息。

影山幸雄是在几天前的一个正午死亡的。

据说是交通事故。

"出事儿的地方视野很好的。一般情况下，是不可能发生什么交通事故的。"

给由利枝打电话的那个女同学如此说道，随后她又突然压低声音补充道："影山君他啊，出事当时还是没戴眼镜哦。"

那句话的语气，带着指责的意味。

她也是那群嚷着"哎呀惨喽"，同时哄堂大笑的女生之中的一员。

"照你意思，都是我的错喽？"由利枝不由得抬高嗓音问道。

"哎呀，我没那个意思。但是哦，那个人不是近视得厉害吗？所以我就想着，他可能是没看到车子开过来吧？"

"那你就是指责我的意思啊。"

"哎呀，都说了没有嘛。"

对面的女同学似乎没想到由利枝会如此动怒，吓了一跳，急急忙忙地挂了电话。

不知不觉间，眼泪就流了出来，但那绝不是对死去少年表示哀悼的眼泪。她想起了前些天看到的猫和鸽子的尸体，感觉胸中一阵难受，简直要吐出来。她的难受，并不是因为觉得那些死掉的动物可怜，就好像她也不是在怜悯影山幸雄的死一般。她只觉得恐怖，仅此而已。她根本不觉得他们可怜，一点也不觉得。

由利枝既没参加影山幸雄的守夜仪式，也没参加他的告别仪式。她也不知道仪式是在什么时候举办的，在什么地方举办的，而且也没想要去询问任何人。就算问了也没用，肯定早就结束了……没错，她就这样不停地暗示自己，就这么过了几天。

最终，由利枝完全是出于自己的担惊受怕而连日哭泣。她不明来由地感到恐惧，但很快，她便将这恐惧遗忘了。

又过去了整整两年。

其实，由利枝自己也不知道自己的内心产生了什么样的变化。但是一个非常显而易见的事实就是，读到高中三年级，她开始产生了某种奇怪的癖好。

她开始痴迷于盯着火看。

一旦看到有火烧起来，她便会立即被吸引过去，随后就一直呆呆地望着火苗。

最开始意识到这一点,是在自家的厨房。看到自己的女儿恍恍惚惚地站在水池前发愣,母亲便问她是不是哪里不舒服。那是由利枝第一次意识到,自己长时间地盯着热水器里的火苗,看得出了神。

同样的情况也发生在瓦斯炉燃起来的时候,和父亲点燃香烟的那一瞬间。

由利枝自己也觉得有些奇怪,要说不在意确实是骗人的,可是这个癖好本身倒也没什么大不了。当今时代,尤其是目前春夏之交,直接接触火的机会确实不多。她既不做饭,也不抽烟,作为一个女子高中生,她接触火的机会就更少了。

可是那一天,由利枝心中却有什么在摇摆。

那一天,她一直学到很晚。第二天一早就是模拟考试,倘若分数还和上次一样,那她就不得不放弃自己梦想的大学了。由利枝这次很拼。可是她越焦急,注意力就越是不知飞去了哪儿,等反应过来的时候,她才发现自己正拼命地修剪着分叉的发梢,或者一整宿地翻着杂志。

那天晚上,她总觉得自己的指甲不顺眼,长得太长。

(说起来,半夜剪指甲,会变成白发人送黑发人欸。)

由利枝一边这样迷迷瞪瞪想着,一边忍不住把双手双脚的指甲都仔仔细细修剪了一遍。

拉开抽屉准备将指甲刀收好时,她注意到了其中一个金色的小物件。

那是她硬从自己表兄那儿讨来的打火机。

她下意识伸出手,摸到了那支打火机,触感冰冷坚硬。她用指尖把玩着,"咔嚓"一声,打火机的盖子应声打开。

被黑夜所包围的房间之中，一团白色的火焰亮了起来。

那一瞬间，由利枝的心突然骚动起来。

8

神野菜生子认为：尘封的记忆，就如同地底的岩浆一般。最初的契机，或许只是一个极微小的裂缝，这条裂缝虽小，但却一点点蔓延，然后就会在某一天，突然喷发出灼热的熔岩。

学校里第一次发生小型纵火案时，菜生子心里已经有了怀疑对象，因为正是在这起事件发生的那段时间，有一位频繁因身体不适出入校医务室的少女，她就是三年级的溍田由利枝。这个女生在老师之间的评价相当不错。

据她的班主任讲，她是个认真、安静、乖巧且富有责任感的学生。

由利枝身体不适的原因很多，感冒、贫血、生理疼痛，等等。而且也不像是在装病，因为她看上去脸色的确苍白，表情也很难受。菜生子一般会给她拿点药，再让她静卧一阵子。

就在某一次，菜生子从飘起的白色拉帘的缝隙中，隐约看到了一团黄色的火焰。她动了动视线，从药架子的玻璃门上看到了溍田由利枝的模样。她不知何时从床上坐了起来。那团火焰就仿佛在她的掌心之中燃烧一般。菜生子噤声凝视她良久，而在那期间，这少女就像被什么东西附身了一般，始终紧盯着火焰。

很快，很轻地"锵"的一声，火焰灭了。

"老师，我感觉好多了，这就回教室。"

火焰灭后不久，少女便从布帘后走了出来。

"当时，YURIE在学校纵火用的就是这支打火机，对吗？"

少女始终表情认真地听着菜生子讲述，她问出这句话后，将打火机轻轻一抛，打火机绘出一道漂亮的抛物线，被少女的另一只手稳稳接住。

"嗯。不过，说是纵火，也只是把洗手间的厕纸烧焦了一点的程度啦。"

"可是，她的确纵火了，这是事实对吧？一个不小心，也有可能酿成大祸的。"

"是啊。"

这一点菜生子不得不承认。

"而且还连续纵火三次。"

"嗯，是啊。"

"纵火原因看来就和那个死掉的男生有关吧。她那两年其实都没忘记那件事，而且一直被逼得很紧。因为她是个责任心很重的人吧。"

"她说她忘记了，我想应该是真的忘了。可是，人类的心，真的很难懂……"

菜生子叹息着如是说。

不论多么小的细节，都有可能成为契机。考试带来的压力，人际关系上的别扭，扰乱心绪的事情多得数不清。当身体到达一个疲劳的峰值，这个人最为脆弱的部位就会率先崩溃。人的内心也是一样。

岩浆，终将喷涌而出。

"虽然很难懂，但我的确可以理解。不过……"少女歪了歪头，"不过感觉有点恶心哎，到底怎么回事呢？家门口那些动物尸体，还有那个失而复得的打火机……难道是那个叫影山的人在死前报复她吗？要真是那样的话，可太吓人了。"

"一个十五岁的男孩，会杀了小动物摆在自己喜欢的女孩家门前，或者偷偷摸摸进她家偷东西吗？"

"很多人就会做些令人感到难以置信的事呀，比如突然袭击无辜的情侣，还把他们杀死；比如强奸小学生；比如把女人塞进水泥块里……"

少女一口气把这些话说完，脸上挂着笑容。那是她故意惹菜生子皱眉之后会露出的表情。

"我记得你好像是天蝎座吧？"

菜生子猛地改变了话题。

"欸！你记得啊！"

少女的声音轻快起来。喜欢占星——这一点倒是和普通的女孩子没什么两样。

"我说啊。"菜生子微微歪了歪头，看着少女的脸，"这其实就是人类擅自把一些毫无秩序地散落宇宙之中的星星，看成是动物啊英雄啊一类的东西。可是这些星星互相之间距离都很远的，只是偶然从我们所在的地球上看，它们像是排列在一起罢了。"

少女点了点头。

"这一点，我还是知道的啦。"

"一个男孩子的死亡，和一个女孩子周围持续发生的奇怪事件，这两者之间其实完全无关。"

"那我想问老师，那个把打火机藏起来的人，还有扔下动物尸体的人，究竟都是谁呢？"

"'嫌犯'都是同一个。不过，并不是人类——这些事，或许都是乌鸦捣的鬼。"

"乌鸦？"

少女讶异地抬高了声音。

"嗯，是啊。虽然这只是我的猜想，但我觉得应该没猜错。全世界应该很少有像东京这样乌鸦这么多的城市吧。当然，在由利枝家附近也生活着不少乌鸦。从四月到六月，正值乌鸦的繁殖期，人类遭乌鸦袭击的案例，大抵也都发生在这段时间里。她家附近肯定有乌鸦的巢吧。那只死去的猫，应该就是被乌鸦弄死的。或许是因为它偶然从鸟巢旁路过，又或许，是它先盯上了乌鸦的雏鸟，所以才遭袭击的。乌鸦的喙可是非常尖锐有力的，从空中发动袭击，猫也很有可能会被击败。而且，乌鸦可是一种恶食成性的鸟，它不但会翻垃圾，还会吃昆虫、老鼠，有时也会袭击小鸟和鸽子哦。"

或许是在脑内想象了一下乌鸦将鸽子头衔在口中，慢悠悠地撕扯吞咽的模样，少女的五官十分夸张地皱了起来。

"可是……那个打火机又怎么解释呢？"

"是哦。"菜生子微微笑了起来，"打火机一开始是放在了飘窗边的藤编筐里的，对吧？当时正值宜人的季节，飘窗应该是开着的，而那支打火机又是金色的，在阳光下应该闪闪发亮才对。"

"哦哦！原来如此。"

少女似乎明白了，低声说道。她再次看了看手中的那支打火机。

乌鸦有收集发光物件的习性。乌鸦将玻璃碎片和易拉罐盖子衔回巢中这种事，似乎还相当有名。

"乌鸦本想把它衔回巢，但是这打火机比较圆润光滑，所以很快就掉落了。而掉进院子中的马蹄莲花朵里，这的确是非常小概率的偶然了。"

少女一副大受感动的模样，问道："老师，这件事你和YURIE同学说过了吗？"

"嗯。"菜生子简短地回答道，"可是这种程度的解释，并不能帮她变得更轻松。"

菜生子唯一能做的，就是帮窪田由利枝保管那支金色的打火机。

连续纵火事件自那之后也就算是结束了。可是，每当拉开抽屉，看到那支打火机时，菜生子都忍不住这样想：它曾经的主人，那个少女，在她心底里，如今也依旧跳动着火焰吧。

只要由利枝的心底仍旧残留着想要烧光抹净的记忆，那团火就不会熄灭。

菜生子凝望着眼前的少女，她还未开口，对方似乎就知道她要说什么。少女微笑着点了点头。

"我知道的啦，老师。你讲的这件事，我绝不会告诉其他人的。"

9

窪田由利枝女士：

这是第一次写信给你。突然收到不认识的人寄来的信件，你一定觉得不可思议吧。请不必担心，我是你的同伴。关于你的一切我都很清楚。让我来告诉你，你真正的名字吧。

你叫杀人犯。

你是个很漂亮的女孩，可是你那美丽的皮囊之下，藏着一颗漆黑的心。迄今为止，你应该已经杀了无数人了。

当然，法律无法制裁你，甚至连你自己都没注意到吧，可你的确是个杀人犯。

说起来，影山幸雄这个名字，你还有印象吧？关于那个少年的死，你有不可推卸的责任，我说得没错吧？

当时，乌鸦无数次地送礼物给你了，对吧？因为它知道，你们是同伴，那漆黑的乌鸦，与你十分相称，不是吗？

你的内心塞满了死亡、阴暗、憎恶。你绝不能获得幸福。不管烧起多大的火焰，也无法将你的过去燃成一把灰烬。

可惜的是，你虽然犯下罪行，犯下那些杀人的罪状，可谁都无法裁决你。然而，纵火这件事呢？关于这件事，可是有确凿的证据的。

你是不是觉得自己没有在犯罪现场被人逮到，所以很放心，松了口气？那就大错特错了。你该不会以为，大家看到一个女高中生在学校拿支打火机，还都觉得很正常吧？已经有目击证人表示亲眼看到你拿着打火机出入女厕所了。

怎么样？

信不信，随你。

但没关系，还有乌鸦跟着你呢。

我会一直盯着你的。

安藤麻衣子

读罢这封信，神野菜生子夸张地眨了眨眼睛。

"如何？"山内伸也气鼓鼓地问，"这信读着就让人想吐对不对？"

向洼田由利枝求婚那天，她的态度过于奇怪，伸也实在是接受不了，便用半是威胁的办法从她那儿听来了事情的始末。关于这件事，由利枝的态度可以说是极端地缄默，光是听她说出一切来就费了好大的工夫。

几天前，他总算说服了由利枝，从她那儿拿到了这封大有问题的信。

据说，由利枝也是最近刚刚收到了这封信。寄信人的名字由利枝完全没印象，地址是用黑色圆珠笔写的，字迹圆润，很像女性写的。

伸也刚开始读到这封信的时候吃了一惊，随后心中涌上一阵愤怒。他险些把这信撕个粉碎，但还是用最大限度的理智按下了自己的冲动。

信的内容全都是用文字处理机打印出来的，在整齐的印刷字体之中，的确渗透出极大的恶意。伸也所谓"读着让人想吐"的感受，绝不是一种夸张的表现。

"我要是抓出给由利枝寄这种卑鄙书信的人，一定要好好惩罚这家伙。究竟什么意思啊！以为自己是谁啊！"

伸也的脸颊因愤怒而涨得通红。看到对方这副模样，菜生子甚至觉得有些夺目。她是绝对做不到如此直接地让自己的情感爆发出来的。

从打电话到学校的那一刻起，山内伸也就是一副来吵架的架势。接电话的老师也是抑制不住的好奇。毕竟被直接指名的菜生子本人，根本就不认识山内伸也是谁。她一脸迷茫地接了电话，听对方嚷嚷了半天，也没听出什么所以然来。电话那头的人因为过于愤怒，所以思维混乱，说的话毫无逻辑。

对方说到最后似乎也不耐烦了，表示要直接见面。菜生子虽有些迟疑，但又对他口中提到的"洼田由利枝"这个名字十分在意。

那一周的周末，二人约在新宿的某家咖啡馆见面。

出现在店里的是个体格健壮，眼神颇为孩子气的男青年。他非常不好意思地为之前那通不礼貌的电话道歉，随后突然掏出一封信，口气焦急地催促菜生子赶紧读一读。

"——的确，读着是令人很不舒服。"

菜生子仔细地望着信封和那张便笺，沉静地回应对方。

"真是卑劣至极的中伤！"伸也歪着嘴骂道，"但是，这封信的内容也不是毫无来由的。虽然令人厌恶地扭曲了一部分事实，但提到的那些事也不是完全虚构的，所以就更是让人觉得恶心了啊！"

"不好意思，请问您是由利枝小姐的恋人吗？"

听她这样问，伸也脸上突然浮现出一种既高傲又谦虚，极度复杂的表情。

"嗯……也可以这么说吧。至少我是提出了结婚建议的，不过……"说到这儿，他停下了，变得有些有气无力，"但我求婚的时机太差了……就是那个时候，这种信突然冒了出来，所以她当时受了特别大的刺激。而正在她烦恼纠结要不要和我商量的时候，我突然和她求婚了……而且这信里不是说'你不可以幸福，你将孤独终老'吗？由利枝慌极了。很不幸，因为这件事，我的求婚大计现在是彻底搁浅了。"

"那么……您又是为什么要联系我呢？"

"是我有问题想问您好吗？"伸也那表情看上去很不客气，"请问，由利枝说这个……这封信里提到的那一部分事实，应该是没人知道的。她一直在独自苦恼，没有和家人、朋友，任何人谈过这件事，就连我都没听她说过。总之，应该是没人知道的。唯独有一个人，就是她非常信任的校医务室的老师。"

"嗯，就是我。"

至此，她终于明白对方想表达什么了。这令菜生子为难极了，或者说，是不知道如何是好了。

"没错吧？"

伸也的语气十分强硬。同时，仿佛是为了稳住自己的焦躁情绪，他喝了口水，继续道："由利枝绝对没有告诉任何人。所以，只能认定是老师您泄露出去的吧？请您听好——我需要您老实交代：由利枝的事，您是不是也告诉别人了？"

"是的。"菜生子简短地回应道。

伸也顿时哑然，随后大大叹了口气："您还承认得挺爽快的哦。我都做好您会矢口否认的心理准备了，您不觉得自己这样做严重违背了教师的职业道德吗？"

"关于这一点，我的确无法否认。"

"您是把这件事告诉了不同的人吗？"

"不，我只告诉了一个人，她原本是我们学校的学生。"

"那就是那个学生大嘴巴，把这件事说出去了呗！这人怎么做事这么轻率啊！"伸也抱头埋怨道。

"我倒不这么认为。"菜生子非常平静，但又很利落地否定了对方的说法，"那名学生发过誓，绝不会再告诉第三者，我相信她。"

此刻，伸也再次哑然。从表情上可以看出，他此刻内心是波涛汹涌的雄辩——喂喂！我可是在对您问责啊！您怎么那么平静？

"至少……"过了好半天，伸也才蹦出这句话。他看上去一副怅然若失的模样。

"至少由利枝可不是第三者,她是当事人。"

"的确……"

"那个给当事人写胁迫信的,比把秘密泄露出去的还要恶劣,不是吗?"

"是呀,我也这样想。"

"您有完没完啊!"

伸也终于忍不住大声一吼,双手拍桌。正从他们旁边走过的服务生吓了一跳,扭头看向二人。

"那个女生的名字,究竟叫什么?"伸也压低了声音问道。

"是安藤麻衣子。"

"果然!不就是写这封信的那个人吗!"伸也再也忍不下去了,大声道,"真是个不像话的女学生!把她的联系方式告诉我!我要好好训斥她一顿!"

"请等一等……"

菜生子柔和地制止了恨不得要立刻去训斥那个女学生的伸也。

"说实话,这个信封上的字,我看着很眼熟。"

"您说什么?"

"这字肯定是安藤同学的字。但是——"她制止住又要张口辩论的伸也道,"这封信不可能是她写的。"

"说什么呢?"

"这封信盖的是六月份的邮戳。"

"那又怎样?"

伸也的声音越来越激动,而菜生子的语气则始终是温和稳重的。

"安藤同学不可能写得了这封信。"她再次重复道。随后,她似乎有些犹豫地暂停住，紧接着用依旧十分淡然的口吻道："她在今年二月份就被杀害了。"

10

"被……杀了？"

伸也有些失魂落魄地低喃。

"没错，当时电视新闻和报纸都大肆报道过一阵的。不过现在大部分人已经忘记了。"

"您说……她是二月死的？"伸也眼瞪着虚空问道。

说起来，好像当时确实听说发生了市内女子高中生被过路魔杀害的事件，在公司大家也议论过一段时间……他们上司正好有一个和死去女生同岁的女儿，所以一直在念叨世风日下什么的。还有……没错，由利枝当时也提到了这件事："真可怕啊，那个被杀的女孩念的学校，和我当年念的是同一所呢。"

"在二月份就被杀掉的女孩子，怎么会在六月写一封信呢？"伸也喃喃自语，随后他又努力摇摇头。

"可，可是，她也能在出事之前就写好这封信了呀，然后这封信是由其他人投递的，这不就说得通了吗？"

"不，这封信绝不是安藤同学写的。"神野菜生子十分坚定地回答。

"可是您刚才明明说了，这笔迹绝对是她的。"

"我说的是信封上的笔迹。"菜生子微微一笑，"但是重要的信纸上的文字，却是文字处理机打出来的，不是吗？"

"那也不能就一口咬定不是她写的吧？"

"不，这一点可以肯定。"菜生子说罢，从手包里拿出一个小小的圆筒状的东西给对方看,"山内先生,这个,您觉得它是什么?"

因为搞不懂对方究竟有什么意图,伸也的表情有些讶异。

"这不是支口红吗?"

"怎么看都是口红对吧?但是呢……"

菜生子再度露出微笑。随后是"咔嚓"一声,盖子打开了。

一团小小的火焰升了起来,几乎是同时,伸也喊出了声:"这就是那个打火机,对吧?"

"没错。这支打火机一直都放在我这儿。正如您所见,它设计成在盖子盖好时和口红一模一样的外观。很新颖的设计对吧?真不晓得为什么公司没有采用。"

伸也哑口无言,慌忙又将那封信从信封里掏出来:"这上面清清楚楚写着'你该不会以为,大家看到一个女高中生在学校拿支打火机,还都觉得很正常吧?'"

"没错,而且还写了'已经有目击证人表示亲眼看到你拿着打火机出入女厕所了,'是吧?可是,这东西怎么看都是一支口红呀。年轻女性随身带支口红当然很正常了。就算是高中生,拿支口红去女厕所,就算有人目击到,一般也只会觉得'哦,她是要涂涂口红'吧?"

"所以说……那个叫安藤麻衣子的女生……"

"她自然是见过这支打火机的,也正是因为她发现了这支打火机,才引出了关于由利枝的故事。所以说,安藤同学是绝不可能这样写信的,对吧?"

"的确。会这样写,说明写信的人并不知道由利枝随身带的是一支外形特殊的打火机……可是,这么一想也很奇怪啊,因为是老师您先说了,信封上的字的确是安藤的呀。"

"所以说,唯一的可能就是,信本身被替换了。"

"你是说,这封信被人偷走,然后把内容换了?"

"没错。信封粘贴的部分只要用蒸汽熏一下轻易就能打开。如果手法精巧些,甚至连动过的痕迹都不会留下。原本放在这枚信封中的那张信纸,应该是被人抽走了吧,然后放进了另一张,再等到现在把它寄出去。只能如此猜想了,不是吗?"

"可是……究竟是谁做了这种事啊?"

"那个人,才是真正的'暗夜乌鸦'吧。在现阶段,我们还不知此为何人,来自何处。"

菜生子一脸严肃。

"他的确存在,但我们却看不到他。那个人究竟是谁,为什么会做出这么过分的事,目的又是什么呢?我们现在还都不清楚……这个人隐于黑暗之中,是一只浑身漆黑的乌鸦。"

伸也紧张地咽了咽唾沫。

"不过,关于安藤同学,我多少还是了解她的。"菜生子安静地继续道,"我知道她为什么想要了解素未谋面的由利枝,也多少能明白她为什么会给由利枝写信。"

"为什么呢?"

"那个女孩儿活得非常孤独。她很漂亮,头脑也好,在学校很受欢迎。但她却非常孤独。听我讲了由利枝的故事后,她应该立即意识到自己和由利枝很像吧。她们都很孤独。"

"由利枝很孤独吗?"

"她很需要帮助,但是又无法将求助的话说出口,只能独自苦恼——一直如此。至少当时的由利枝是这样的。我不知道安藤同学究竟给由利枝写了一封什么样的信,但绝不是这封伪造信颠倒黑白的模样。她那封真正的信没有顺利寄到由利枝的手中，我也感到很不甘心。"

就在这一刻，伸也的内心第一次涌起对安藤麻衣子的哀怜之情，继而开始思考由利枝和麻衣子之间的这个谜一般的人物。

这家伙所犯下的，令人作呕的恶行——从常识角度考虑，做这种事并不能得到什么好处。只能推断，这个人的目的单纯就是折磨他人，令他人感到痛苦。

真是一只邪恶至极的，暗夜乌鸦。

然而，他想破头还是有一点不明白。

"不管怎么说，那家伙……那个'犯人'，又是如何偷偷把安藤麻衣子写的信调包的呢？有邮戳这么明晃晃的证据在啊，那就说明信被调包的时间是在投进邮筒之前吧？可是，要是在投递前就被偷了，安藤麻衣子应该会再写一封新的不是吗？但由利枝并没有收到过那样一封信啊。也就是说，安藤在投递这封信前，信就被偷了，可与此同时，她还不知道这件事……这真的有可能吗？"

"是啊。其实，也有可能是把投递信件的工作单独拜托给了别人，然后那个人把信弄丢了，不过我认为安藤应该是亲手将信放进邮筒的。按那个孩子的性格，她肯定会这样做的。还有，我刚刚想到了一点……"

"想到了什么？"

"虽然这只是我的推测……"菜生子这句话说得略有些含混。"如今的邮筒，其实设计得略有些问题，您知道吗？"

"这还真不清楚。"

"现在这种邮筒的构造，其实很容易将信件卡在投入口附近。有好几次我想寄信的时候，都看到入口处卡着一些信件。"

"也就是说，她以为自己已经投递进去了，但其实被其他人又给抽走了？"

"就这次事件来说，是很有可能的。"

菜生子垂下眼帘道。

"怎么会这样……太可怜了。"

伸也说出这句话时，已经带着非常同情那位死去少女的情绪了。

两个人对坐无言了片刻。有些耐不住性子的伸也窸窸窣窣地掏出香烟，又用眼前那支打火机将烟点燃。

"这支打火机，不介意的话，我就还回去吧。"菜生子道。

但是伸也露出若有所思的表情，思索了一会儿说："不，还是像之前一样，由老师您保管吧，如果您不介意的话。"

"当然没问题……嗯，也是啊，还是由我保管比较好。"

菜生子点点头，将那支打火机放回了自己的手包里。

"在您百忙之中如此打扰，实在抱歉，多亏您的分析，我现在心里总算畅快了。"

隔着桌子，伸也对菜生子深深低头行礼。

"今天能和您见面，真是太好了。"菜生子微微笑着。

"我一直都在担心由利枝同学的事。虽然我的担心微不足道……但是，我现在放心了，因为有您陪在她身边呢。还请您多多关注由利枝周围的情况。"

"关注？关注什么？"

伸也看上去颇感意外。

"这次来信事件，是针对素不相识的人产生的，有着极度阴暗的恶意。我绝非想要恐吓您，但是做出这种事的这个人，是知道由利枝的名字和住处的。所以您最好多多留意。"

"我绝不会让这种人碰由利枝一下的。"

伸也气势汹汹地将刚刚点上的香烟猛地摁熄。

"不过，我也要加油尽早说服由利枝呢。"

"说服？"

"劝她尽早换个名字，换个住处呀。"

说罢，伸也眨了眨眼。

"原来如此，那的确要尽快呢。"

伸也听菜生子说完这句话，便急匆匆地站起身，抄起桌上的小票。

"老师，不……神野小姐。"走出店外，伸也略有些顾虑地问道，"您的腿怎么了？似乎……有点拖脚走的感觉。"

"哦，这是旧伤了。"菜生子大方地笑了笑，"以前遭遇事故留下的。"

"这样啊，抱歉问您这些，失礼了。"

伸也有些困扰地低头行了一礼。

"我这个人，想到什么就会立即说出口。真的是……我得趁早改掉这个毛病呢。"

菜生子则用十分欣赏的眼神望着挠头的伸也。

"这不是挺好的嘛？其实有很多人都不会把心中的想法坦率地表达出来呢。我觉得山内先生这样的性格很棒呀。"

伸也听罢，忍不住露出开心的神色。

"是吗？我呀，一听到夸奖就忍不住翘尾巴……说实话，我其实还有个想法。我觉得神野小姐有某个地方和由利枝很像呢。我也说不清具体是哪一点，是什么像法……可能是轮廓？是整体氛围吧……"说到这儿，他笑了起来，"哎，请您别介意我这样的说法。这是眼下我能说出的最高级的赞美了。"

"啊呀。"菜生子忍俊不禁，"真是谢谢了。祝你们幸福。"

11

　　一周之后，山内伸也收到一封来自神野菜生子的信。信封中夹着三张文字处理机印出来的信纸，还附带有一张便笺。

　　前略
　　这信封之中的那三张纸，印的是记录在安藤麻衣子的文字处理机中的内容。她生前很喜欢创作诗歌和童话，我曾经读过她用文字处理机创作的童话原稿，于是那天我略作思忖，想着"该不会……"，随即获得了她遗属的同意，搜索了一下她遗物中的文字处理机。我知道这样或许有些多管闲事，可是，为了离世的安藤同学，也为了由利枝，我希望你们二人能读读这封信。

那张便笺上如此写道。
"抱歉，我已经先读过了。"伸也说。
由利枝眼神迟疑地望着他，随后，她展开了手中折着的那封信。

洼田由利枝女士：
　　这是我第一次写信给你。我是和由利枝学姐读相同高中的一个十七岁女生。虽然我们从未见过面，但是我在毕业相册上见过你的照片。我一向对评价个人美丑的行为嗤之以鼻，但说句客观的评价，我觉得由利枝学姐非常漂亮，也非常符合我想象中的模样。

学姐的住址，我也是在毕业相册上找到的。突然给一个陌生人写这样一封信，本是非常失礼的行为，但真的很希望你能读读这封信，真的，只需花费很少的时间即可。

我之所以会认识学姐，是因为在校医务室看到了由利枝学姐的那支打火机。想必你一定记得神野老师吧？神野老师一直当我是个很危险的家伙，我猜哦。所以呢，她就和我讲了由利枝学姐的故事。不过，还请学姐不要因此认定老师是坏人哦，其实是因为我一个劲儿地追着她刨根问底才问出来的，神野老师头疼极了。我这个人，总是惹她头疼呢。

接下来差不多该聊正题了。为了能让你理解我真正想表达的内容，我或许得先说清楚，我都知道多少内情吧。

打火机曾经消失又出现，鸽子和猫咪的尸体被扔在家附近……这些都是乌鸦的所作所为，关于这些，学姐其实已经听神野老师说过了吧。说实话，我第一次听到这些的时候，第一个反应是"这该不会是那个死去男生所为吧"。当然，我是用调侃的语气讲出来的。不过，当时神野老师却说：空中的群星，是由我们人类擅自去连接，编织出了星座的说法，但其实每一颗星彼此之间都离得非常非常远呢。神野老师她经常会这样讲解一件事的，对吧？

死去男生的事，和乌鸦的恶作剧，这两者之间完全没有关联。同样地，我认为男生因事故身亡的事，和由利枝学姐在毕业前说的那句话，其实也是毫无关系的。

我的想法一开始其实只是瞎猜的罢了。不过呢，我瞎猜一向猜得很准，这一点连神野老师也认同。我有时候甚至觉得自己有这方面的超能力呢。总而言之，我坚信自己的第六感,并对此展开了一系列调查。

调查的种种具体细节太过烦琐,我就不在信中细说了。总之就是一句话:我其实蛮有人脉的,说不定还颇有侦探天赋。最终的结果导向了一个十分有趣的事实上。

因事故死亡的影山幸雄同学,遭受事故当时因为没戴眼镜,所以动作慢了半拍,发现车子冲过来时已经晚了,对吗?其实啊,根本不是这样。因为他当时戴隐形眼镜了哦。

他恐怕就是趁着之前眼镜坏掉的机会,直接换成了隐形眼镜吧。

那他究竟为什么会在视野很好的一条马路上遭遇交通事故,其真正的原因我们不得而知。当然,也说不定他当时是心里惦记着由利枝学姐的事,一个迷糊就没能躲开。不过,也完全有可能是其他的一些原因啦。说不定还有可能根本就没什么理由,因为人倒霉的时候就是喝凉水都塞牙的——神野老师这么说过。的确,由利枝学姐可能就是在最不合适的时候说了最不合适的话。但至少在我心里,相信自己能对他人的行为和命运产生什么决定性的影响,这本身就是很傲慢的。再升级一下,相信自己能够随意决定一个人的生死,这种人,总有一天会成为杀人凶手。

请不要误会,我并不是想说由利枝学姐一点责任都没有。但是仔细想想,那些与自己有关的人,他们的悲伤痛苦,甚至死亡都与自己彻底无关——这种人真的存在吗?我想,相信这一点的人,要不就是超级乐天派,要不就是超级大傻瓜吧。

我写的内容好像乱得毫无逻辑了,哎呀,不好意思。

我究竟为什么要给由利枝学姐写这封信呢？我究竟想干什么呢？其实，我自己也不太清楚。倘若说是想拯救由利枝学姐，那我这人得是多么傲慢的一个家伙呢。的确，一直到我动笔写下这封信之前，我都是那么想的。

可是啊……说真的，我其实希望自己的这封信能让当时还在读高中的那个由利枝读一读，而不是如今在做女白领的成年由利枝。

你好哇，高中生由利枝。你在洗手间用打火机点火时，究竟在想些什么呢？你究竟是抱着什么样的念头，揣着那支打火机在学校里走来走去的呢？

眼下的我，其实也和当时的由利枝一样，有一些想要点燃，想要烧成灰烬的东西。我也会想，让那东西被熊熊的火焰吞没，烧个精光，心中想必就清爽了吧。

我这都写了些什么啊，真是抱歉。看来，这封信的内容就只是一个危险家伙的独白罢了。

最后，我想写给现在的由利枝：

此刻的你，幸福吗？就算不幸福，你觉得自己未来会幸福吗？

我祈祷，你的回答是YES。

求求你，求求你，求求你……

虽然这种表达很平庸，但还是要祝你健康。

谢谢你啦，能读完这封信。

再见。

安藤麻衣子

由利枝一边阅读，一边眼睛越睁越大，最终，她的眼眸中盈满了泪水，不断顺着脸颊滑落。

伸也也陷入深深的感慨之中。

这是已经亡去的少女的信，是一个被杀身亡的少女写下的信。

在她死去四个多月后，这封信总算来到了由利枝的手上。少女在信中说"想要拯救由利枝，这样的想法实在太傲慢了"。但，由利枝内心中的一部分，的确获得了拯救。如今，伸也十分确信这一点。

在伸也心中，由利枝流下的泪水是无上美丽与珍贵的。他下意识地伸出手，接住了滴落的透明液体。

很快，由利枝又将信轻轻放回到伸也手中。他正准备告诉由利枝"你拿着就好呀"，但却又突然意识到了什么。于是，他大声读起这封信的结尾："现在的由利枝：此刻的你，幸福吗？"

伸也开朗地对恋人微笑着，继续读道："就算现在不幸福，你觉得自己未来会幸福吗？"

由利枝抬起了被眼泪濡湿的脸颊。

"我祈祷，你的回答是……"

"是 YES。"

由利枝嗓音有些沙哑，她轻声打断了伸也的话。

"什么？我没听到哦，再说一遍嘛！"伸也故意回道，还把手放在耳畔比画着说，"你这样哭着说，可是听不到的哦。"

"YES，YES，YES。"

由利枝一边抽泣，一边拼命露出了大大的笑容。

于是，伸也也露出一个喜极而泣的笑容，伸出双臂，将他这只白色的鸟儿，护在了自己的怀中。

最后的纳摩盖吐龙

神明对纳摩盖吐龙如是说——

"你们这一族已经灭绝，只剩你这最后一头了。你就是最后的那只纳摩盖吐龙了。"

"啊啊，神啊，究竟为什么会变成这样啊？"走投无路的纳摩盖吐龙如此悲鸣道。

于是，神明用怜悯的目光俯视着它，最终回答：

"是你走错了路啊。不，不只是你，你的父亲母亲，还有它们的父亲母亲……一切与你有关的细节，都在一点一滴地逐渐偏离正确的道路……"

1

小宫的手机响了。

他对我使了个眼色，然后接听了电话。随后，他又瞥了我一眼，开始嘀嘀咕咕地对着电话那头聊起来。在此期间，我就像个女人一样抱着自己的胳膊，眼望四周，迷迷瞪瞪地出神。

隔着一块透明的玻璃板，夏季和冬季两种温度和谐共处。

"倒也没必要把屋子里搞得这么冷飕飕吧？"

从刚才起我就这样琢磨，眼下终于忍不住脱口而出。

"大夏天的，干吗总给我挨冻的感觉啊，真浪费卡路里。"

虽然只是在自言自语发牢骚，但那边小宫正巧聊完事，听到了我的话。

"野间老师您这是快到年纪了吧。怕冷这个事儿呢，在女性和老人群体比较多见哦。"

明明和我是同年生的，小宫却一脸掐准时机刺了个正着的窃笑。

这个小宫——其实他本来的姓氏是大宫——有时会冷不丁地管我叫"老师"。而且，他还要细致地表达出这称呼的语气之中没有丝毫敬意的感觉来。

我和小宫以插画师和编辑的身份交集已久。不过，作为朋友的缘分就更长了。本来嘛，我们的友谊之上，还很适合加上"孽缘"二字。我们两个人只要见到彼此，必然会恶语相向。不过让我女儿评价的话，她会说："你们两个人关系可真好呢。"小宫听了这话想必愈加感到恶寒吧。

"这位置选得不好吧，正坐在空调出风口下头呢。"

"我怎么就一点没觉得冷啊？"

小宫装傻反问，随后一脸惬意地呷了口咖啡。他点的是热咖啡。

我本人冲进店里的时候，是嘴里嚷着"太热了太热了"，点了杯冰咖啡的。结果一口气喝光那杯冰饮，我就突然觉得冷了。如今我眼望着随后才到的小宫点的那杯热饮，甚是羡慕。但，当然了，这话我是不会说出口的。

"你不觉得冷是因为穿了西装外套吧？这么热的天你穿得可真厚。"

我半是无语地回敬他，结果小宫却回道："那当然要穿正装喽。就算对象是你，但工作就是工作嘛。"

也不晓得他为什么说到这儿还一脸伟岸地挺了挺胸。说起来，这男人好像是在独生子过七五三的时候，特意带着孩子跑到我家来——当然，完全就是为了向我展示他们一身簇新的西装。当时，他的动作也和现在一模一样，得意扬扬地挺着胸膛。

"你俩谁是过七五三的？"当时我故意说了这么一句。

于是个头很小的小宫——本名大宫，自然被我气得半死。

那已经是十年前的事了。

可事实上，环顾四周，我发现店里的大部分人都是西装革履的。或许是因为来谈事的客人比较多吧，所以呢，也就并没有人会抱怨店里冷气开得过足了。

"脑子正常的人在日本可做不了白领啊。"

我从心底里感慨——幸好自己选了自由职业。

"你觉得冷，其实就是因为穿得太没正形吧！"

小宫抓着我身上的T恤猛拽了一把。

"快松手！你把我领口扯松了！"

"本来就垮了吧？早点儿拿去当抹布算了。"

这话说得也太失礼了。

不过，这没礼貌的发言，却只是他接下来一番攻击的伏笔。

"你呀，差不多也该认真想想了吧？"

他的语气突然变得循循善诱起来。

"想什么啊？"

"再婚啊！妙子都去世多少年了啊？"

听小宫谈到我亡妻的名字，也是时隔多年了。

"你或许还觉得，距离直子离家嫁人还远得很是吧？很快的哦我告诉你。不知道哪儿冒出个不靠谱的小伙子，转瞬就把直子娶走喽。然后啊，你就只能可怜又寂寞地独自生活下去了。"

"你呀，能不能别这样咄咄逼人的？"

听他说了这么一番话，我感觉更冷了。

将来直子嫁了人，我的日子会过得多么寂寞。这种事，不用小宫说我也清楚得很。可是，就算我"认真想想"了，也没什么用吧？

透明的玻璃窗外，是实实在在的夏日。眼前正走过一群衣着鲜艳的少女，她们的小麦色四肢带着一丝夸耀，裸露在阳光下。这些少女仿佛缸中的一群热带鱼。

哦哦，对了，现在是暑假嘛。我突然想起这件和小宫所说的话完全无关的事。直子今年就念高三了，她得参加暑假补习，所以整天都不在家，搞得我根本没意识到现在在放暑假。

我心不在焉地望着窗外不断路过的行人，途中，我突然意外地"咦"了一声。

"怎么了？"小宫有些讶异地问。

"没……"

我自己也不太清楚。

我们用来商量工作的这家咖啡馆，建在十字路口的一角。店面的玻璃正面对马路，呈L形，所以客观来讲，其实我们这些坐在咖啡馆里的人才更像缸中的鱼。

正张望着，突然一个熟悉的面孔闯入视野。小宫是背对着玻璃窗坐，而我面对小宫，和玻璃窗还有些距离，只看到了那个人的侧脸。我们虽然只见过一次，但那是令人印象颇深的一次相遇。

看来，我之所以喊了声"咦"，原因就在这儿了。我忍不住拍了膝头一把。

"小宫，你等我一下。"

我突然站起身。

"我马上回来。"

说罢，我撇下一脸吃惊的小宫，急急忙忙奔出店外。

2

"神野老师。"

听到有人喊自己的名字，她有些吃惊地眨了眨眼。可能是有些出乎意料，她的表情一瞬显得像个天真可爱的小女孩。

在咖啡馆里，我就隐约注意到了一个身穿冰蓝色连衣裙的女性的背影。那个纤弱的背影很快飘过十字路口。恰巧正面入口有个略高的大楼，那儿站着一对进退两难的老夫妇。看上去似乎是丈夫的那位，腿脚可能不好，坐在轮椅上。虽然仅有三级台阶的高度，但是陪在他身边的那位老妇人却束手无策。

连衣裙女性跑去帮他们，用尽了全身力气，可就算是老人，那也是一个成年人的体重。对于一个身材纤细的女性来说负担实在太大了。再加上一边的老妇人几乎没什么力气，他们看上去十分为难。

就在这走投无路的三人旁边，另一群热带鱼欢笑喧哗着走了过去。

于是，我正好跑进这一僵局之中。

"我来帮把手吧！"

我大步走近，将轮椅横着抱起来。虽然为了工作我不得不久坐在家，但这样做也不是为了装腔作势地充场面。其实，比起脑力劳动，我更擅长体力劳动。

"总感觉……有些不甘心呀。"

仅用数秒便将老夫妇送进大楼，再走出来后，神野老师面露有些复杂的微笑，对我这样说。

"怎么不甘心呢？"

"一直到最后，我都没帮上那两位的忙啊。就算有那个心，可却没有相应的体力，结果什么都没做好。"

虽然她的语气带着些调侃，但听得出这番话发自内心。

"每个人有每个人的角色嘛。我这种人就只有力气大这一点还算可取啦。反过来讲，倘若遇到的不是刚才那种情况，那反而是我什么忙都帮不上喽。"

"真抱歉。"突然，神野老师回到了教师的状态之中，对我说，"我其实应该先和您道谢才行……不过从事现在的这份工作，时常令我痛感自身的无力，于是就忍不住发起了牢骚……"

"我明白您的苦衷。"

神野老师是直子高中的校医。她常在校医务室中陪很多高中女生谈心。这众多少女之中，也包括直子。我是在今年的二月知道这件事的，初次遇见神野老师也是在那时。

那是，因某个事件为契机。

"自那之后，已经过去很久了呢。"

或许想法和我相同吧，神野老师眺望远方，说了这样一句话。

其实，在这一瞬之前，我甚至都在担心她是不是已经不记得我了。忘了我也是自然的事，因为我是个在近半年前只见过一面的人。

可是，紧接着她就说了这么一句话，我也总算不用再向她傻乎乎地做一遍自我介绍了。

"直子同学最近不怎么来校医务室了。我觉得这是件好事。"

"是嘛。"

我一边在脑中搜刮着接下来的台词，一边点了点头。校医和在校学生的父亲,这两个身份的人在一起实在没什么好聊的。我正为了活跃气氛搜肠刮肚时,背后突然传来一个不解风情的声音。

"野间老师,把您的朋友扔在一旁,和年轻女性站在路边上聊天?您还真是好雅兴。"

不说也知道,是小宫。

怪我疏忽大意,彻底把这家伙忘到脑后了。他肯定透过咖啡馆的玻璃窗目睹了全过程,然后因为难以控制好奇心,终于忍不住冲了出来。

我费了好大的劲儿,才把那声咋舌憋了回去。

"你瞎说什么,这位是直子学校的老师,是校医。"

我按最低限度做了一下介绍,随后又转向神野老师:"真抱歉,这是编辑小宫。"

我故意用他的外号介绍。

"我们刚才正在那边的咖啡馆谈工作。"

神野老师轻声笑笑,对小宫微鞠了一躬道:"您好,初次见面。"

"啊,对了,您应该见过他太太一次。就是当时照顾宜子的那位……"

"我记得。是一位身材娇小,性格阳光的女士。"

看样子,她的好记性似乎并不挑选对象。

"啊呀,真是不好意思。我们就是一对袖珍夫妇啦。不过,和这个大棒槌不一样,我们是小粒花椒,麻辣有劲。"

小宫在一边说着些莫名其妙的话,然后自己乐得哈哈的。于是我忍不住一股无名火。

"你呀,别再这样喋喋不休地对着神野老师讲这些无聊话题了，让人家多为难啊。"

我一边责备小宫，一边瞥了瞥神野老师。她脸上虽然带着微笑，但是也没有果断否定"没有这回事啦"。看样子是有事在身。不过，想想也是自然。

"那我们也还有工作商量，就先告辞啦。"

说罢，我轻轻点点头，准备趁早退下。

"啥？咱们的工作讨论不是早就结束了吗？"

小宫又想说些多余的话，正巧眼下变成绿灯，我揪着他的领子走过了人行横道。

"你怎么回事啦！难得的机会就这么被你放走了哎！"

小宫一边整理着自己的套装领口，一边没好气地说。

"你啊，不要有这种奇怪的误会好不好。"

我说着对他挥了挥拳头。小宫灵巧躲过，一脸狐疑地抬头望着我。

"你才误会了吧？我只是在想，刚才的事是不是应该和她谈谈而已。"

"啊……"

我发出只有蠢货才会发出的声音。

"啊什么啊呀？你真的是……听好，对人家来说，你不过就是某去世学生的同学的父亲，仅此而已好吧？这种身份呢，我们一般称为纯路人，你们可以说是没啥关系。你这样猛地冒出来，还不如先通过学校的老师，把你介绍给人家，然后再聊聊，这样才更顺利不是吗？还是说你有别的办法，还有什么能拜托一下的媒人之类的？"

"这……"

面对一脸光火的小宫，我彻底没了面子，沉默地杵在原地。

小宫抬起眼皮又看了看我,然后恶狠狠地催促道:"既然知道了就快追啊!你这榆木疙瘩!"

3

那天,我以商量工作为由,就某件事和小宫谈了谈。谈话内容半是工作,半是私事。

说一半是工作,是因为这是我以插画师的身份,向编辑小宫提出的请求——简单说,就是想谈谈我负责插画的一部童话是否可以出版的事。而说它一半是私事,是因为那部童话的作者,曾是直子的朋友。

之所以不得不用过去时态的"曾是",自有其原因。那个女孩——安藤麻衣子在今年二月,年仅十七岁的花样年华便离开了人世。她的死曾掀起极大骚动,这也自然。一个稚气未脱的高中女生被过路魔残忍杀害,这起案件实在是太过骇人听闻了。

可是,关于这种事,人们的记忆就仿佛盛夏天里泼出去的水。如今的世道本就不太平,大同小异的事件每天都在这世上的某处发生。再加上这次的案件搜查进展彻底停滞,没有满足一部分等着看热闹的人的期待,发展成连续杀人案。于是,就好像淋湿了柏油路的水分眼看着便干涸了一般,世人转瞬便忘记了那少女的死。

当然,与此同时,还有些人却想忘都忘不掉这起案件。比如安藤麻衣子的亲人,以及我的独生女——直子。

有一次,直子突然吐出一句话,把我吓了一跳。

"麻衣她,究竟是为了什么降生在这世上的呢?"

说实话,她说这话的时候,安藤麻衣子在我心中的存在感已经逐渐变弱了。当然，眼下我还没有忘记她。但我预感可能几年后，不，或许半年后，她就会从我的记忆中消失殆尽……

"真可怜啊。"直子淡淡地说，"麻衣她，真可怜。"

关于麻衣子所遭遇的不幸，且不论事实如何，在我看来，她从某种程度上好似代替直子受了难。可是，我竟然已经快忘记她了。

我知道，直子那一声又似疑问又似独白的轻喃，绝不是想要指责我。可那一刻，我却有一种心底里深深扎进一根尖刺的感觉。

人究竟为什么生孩子，为什么做父母？

至少，绝不是为了被某个人不费吹灰之力地杀死吧？

我开始思索那个尸体早已变得冰冷、遗骨被烧成灰烬的少女的事，也想起了她活着的时候创作的那部童话。

那是关于一只玻璃做成的长颈鹿的故事。那故事就仿佛真正的玻璃一般，坚硬、冰冷、寂寞。

那故事是不是能出版成书？

一开始，这只不过是我心里一个小小的念头。不过，渐渐地，它开始变得清晰、具体。

倘若能够将这故事出版成册，那它至少也是一个念想，也是这少女曾经活在世上的证明。

最终我认定，这件事我必须要做。

首先，我着手画起了插画。之前虽然开过一点头，但实际做起来十分困难。我的插画一向是用色华丽丰富的风格。想要创造出安藤麻衣子笔下的那个无色透明的玻璃世界，对于我来说是极其困难的工作。而且，我也不能只埋头忙这一件事，毕竟我还要赚钱维持自己和直子两个人的生活。

直到最近，我才总算创作出一系列比较满意的作品。

至于要将这些画拿去哪个出版社这件事，我几乎没有犹豫过。说来，这本就是当初小宫主动介绍给我的工作。安藤麻衣子的《玻璃长颈鹿》，是投稿给杂志《幻想工坊》举办的童话奖的作品。这本杂志专攻诗歌童话，主编就是小宫。让我来给《玻璃长颈鹿》画插画也是小宫的点子，也因为突发那一凶案，这一计划便暂时搁置了。

只是一篇童话奖投稿而已。安藤麻衣子恐怕做梦都没想过，自己的作品会成书问世吧？

可是，这梦想应该变为现实，也正在变为现实。实现它，不正是我们的义务吗？

我对着小宫如此笨嘴拙舌地倾诉着。自然，我口中的"我们"，指的就是小宫和我。听完我的话，他翻看我拿来的插画，露出一个严肃的表情，认真思考着。

最后，他用手指尖对着一沓插画中的某一张轻轻弹了一下。

"封面就选这张吧。"

这回答还真有他的风格。

紧接着，他又提到了一个我想都没想过的问题。

"不过问题是，她的遗属是否同意呢。"

"欸？这能有什么问题？肯定会同意的吧？"

小宫用鼻子发出一声嗤笑。

"你还是老样子，和阿鼋巴虫一样单细胞。"

"你说的是阿米巴虫吧？"

"反正就那一类的东西呗。听好，你得换位思考一下人家亲人的想法。当时可是掀起了极大的骚动啊。新闻铺天盖地都是相关报道，那帮家伙摆着一脸的同情，却纯粹是靠猎奇的心思驱使，一拨一拨冲到她的亲人面前。还有些奇奇怪怪的杂志啊，体育报纸啊，特意写一些子虚乌有的内容，还会提到和案件毫无关联的夫妻感情一类的……对于他们来说，那件事就仿佛一个噩梦，他们只想尽早忘掉。然后这半年过去，别的不说，健忘的大众早已经把这件案子忘光了。所以，如今倘若他们不愿再提往事，在我看来也没什么不可思议的。"

"你说得对啊。"

我对自己的不明事理感到无地自容。不过，想要出版这本书的想法并未动摇。

正犹豫该如何是好的时候，脑海中浮现出一个绝妙的点子。

也正在这时，我透过咖啡馆的玻璃窗，看到了一张曾经见过的面孔。

或许是因为我们初次见面是在二月的一个大冷天吧，当然，也有可能单纯是我自己被开得过度的冷气吹得哆嗦……不管什么原因，时隔半年再会的神野老师，总给我一种她似乎很冷的感觉。

眼下明明是一个七月正要结束的酷热夏日。

"喂。"

小宫突然敲了我后背一下。

"你还愣着干吗？没听到我说吗？快去追上刚才那个老师啊！"

"要追上去吗……"

"你以为在路上偶遇的机会有那么多的吗，还是说你有本事直接给她家里打电话？"

我默默摇了摇头。

"按她的步速，去追她肯定来得及。不用慌慌张张的也行。"

"知道啦。"

我转身正准备去追,小宫却突然想起什么一般,抓住我的胳膊肘按住我道:"作为你的朋友,我劝一句。你就别惦记她了。人家还很年轻,最关键的是,人家是个美女啊,肯定不会和一个带着拖油瓶的四十岁老男人发展的喽。"

我对着他挥挥拳头,代替了回答,随后便转身去追神野老师了。

4

见我追来,神野老师并未表现出十分吃惊的样子。我气喘吁吁、不得要领地讲了半天,她则始终很有耐心地听着。

听罢,她慎重地点点头道:"您说的我已经清楚了。说实话,从我的立场来看,直接开口劝安藤同学的父母接受出版她遗作的行为,这实在有些困难。不过,将野间先生介绍给他们,这件事我还是能做到的,如果您方便的话……"

"当然,拜托您了!"

我深深低头鞠了一躬。

随即,神野老师一副理所当然的模样接着说:"那我们走吧。"

见我愣住,她解释道:"其实,我正要去安藤家拜访。"

这还真是出乎我的意料了。不过,凡事大概在出现转机时都会如此吧。

听说这就是惯性法则。一颗停住不动的球,会持续静止下去。但是,一旦对这颗球施加外力,它便会不停运动,停不下来。

一定会发生些什么的,不是吗?

我突然想到这一点。神野老师和我们父女,还有小宫,以及安藤夫妇。我们这几个人以二月份那起事件为契机,或多或少地产生了关联。而如今,我们又再次被聚集到了同一个点上。

这个点,就是已经身亡的少女——安藤麻衣子。

于是,我向走在身旁的神野老师提到一个自己有些在意的地方:"老师,您今天为什么要去拜访安藤夫妇呢?"

神野老师听罢,露出一个沉吟的表情,随后道:"嗯,在抵达对方家之前,我得先和您解释一下。安藤同学的父母已经不是夫妻了。这次我拜访的是她的母亲,如今她已经用回了旧姓山本。"

"啊,原来如此。"

参加葬礼的时候就听别人谈到,他们二人当时正在分居。看来那之后就正式离婚了。

"那,刚才问您的那件事⋯⋯"我看对方又要沉默下去,于是抢了个先问道,"哎呀,要是不太好讲的话,您不说也没关系的。是我太多嘴啦。"

听我这样补充,神野老师轻轻摇摇头。

"不,反正我们之后也是一同登门,所以应该先和您说一下大概情况比较好。其实,上个月我也去了山本女士家。"

随后,她谨慎地斟词酌句,隐去了人物真名,讲了这么一件事。

一位已经毕业的女性,收到了一封自称安藤麻衣子的人寄来的信。这封信的内容充斥着恶意,她的恋人因此震怒不已,拿着信去诘问神野老师。女性的恋人既想要一个解释,也意识到了潜藏在黑暗之中的那个宛如乌鸦的人。随后,神野又发现了沉睡在麻衣子文字处理机之中的那封真正的信……

我目瞪口呆地听她讲完。

"倘若神野老师的推测是正确的……不，估计就是正确的吧，那个乌鸦混蛋为什么要做这些事呢？对方可是个没见过也不认识的人呀？我实在是理解不了。"

听我迷茫地说完这句话，神野老师不知为何露出一个淡淡的微笑。

"请问野间先生，您知道乌飞兔走吗？"

"乌飞兔走？"我喃喃重复道。

"写成乌鸦的乌，飞翔的飞，兔子的兔和奔走的走，意思是日月流逝得很快。其中兔子代表月亮，而乌鸦代表太阳，也就有了日月，即时间的意思。很有趣对吧。还有一个成语叫作乌兔匆匆，也是相近的意思。"

"用兔子代表月亮，是从在月亮上捣年糕的玉兔那儿发散来的吧？不过乌鸦代表太阳这件事我还是头回听说，为什么呢？"

神野老师歪了歪头道："其实，我也不太清楚呢。估计是基于中国的某个神话故事而来吧。"

"说来，为什么突然提到这个成语呢？"

"啊，抱歉。其实没什么深意。我只是想表达，如今被大家避之唯恐不及的乌鸦，在很久以前还被视作太阳的化身呢……"说罢，神野老师又转头对着我继续道，"或许这个凶手，以前也曾是和野间先生一样心智健全的人，就仿佛太阳一般温暖，对他人不曾有任何偏见……"

"我这个人，与其说心智健全，不如说就单纯是个傻子啦。"

不知为何，我慌里慌张地说了些没必要的话。要是小宫在场，我这句回答明显就是他的台词了。

"不过,乌飞兔走,还真是说得没错。岁月流逝得的确很快,从那时起到现在,已经过了半年了啊。"

神野老师沉默着点点头。

自发生那起案件,已经过去半年了。

然而,案子时至今日都未能破获。

对于与被害者相关的人来说,并不是"都过去半年了啊",而是"才只过去半年啊。"

自从去拜访了安藤麻衣子的母亲,神野老师便痛切地意识到了这一点。

麻衣子母亲搬去了新家,她现在住在一幢外饰别致漂亮的公寓中。

我在葬礼上就只见过她一次,当然,那种场合也没办法一直盯着人家瞧。所以这次会面简直就像是第一次见一样。

神野老师之所以拜访麻衣子的母亲,是为了就冒名顶替麻衣子寄送信件一事做事后报告。据说,当时麻衣子的母亲之所以同意神野老师翻找文字处理机中的内容,也是因为事先约定要报告后续。

因为是麻衣子的母亲,所以提出这一要求或许是理所当然的。可在我看来,这也证明了她对女儿的死仍旧心怀深重的执念。

神野老师暂且介绍我为直子的父亲。对方的态度虽略显怀疑,但却没有特别提出异议,还是把我们请到了客厅。虽是独居,但她家要比我和直子住的那种居民楼的户型大很多。

碗柜上摆着好几张照片。有刚步入高中,一脸认真的麻衣子;有身穿便装,面带微笑的麻衣子;有应该是尚在读小学的,表情天真无邪的麻衣子;还有被白色的包巾缠绕着的,还是小婴儿的麻衣子……

一旁摆着的水晶碗中，盛着大颗的葡萄。

"佛坛在我丈夫……在安藤那儿。"注意到了我的视线，这房子的主人如此说道。

"其实没什么的，毕竟那孩子最讨厌那种上香的味道。她呀……不信神也不信佛呢。可是，死后却要被取戒名，还要被诵经，被上香……真是滑稽啊。她肯定会笑的，会说：太蠢了。"

或许，安藤麻衣子真的如她所说吧。我仿佛能听到她面露嘲讽，说着"太蠢了"的声音。

以前，我见过安藤麻衣子一面。但在当时，她只是从我身旁路过的一个陌生女孩。倘若那之后什么都没发生的话，她对于我来说或许就永远都是一个路过的陌生人吧。

那样的话，我将不会认识这样一位高傲的少女，不会触碰到她心中那个脆弱失衡的世界，也不会知道她对于我的女儿直子来说有多么特别，不会遇见这位女儿被杀害的母亲，当然，也不会遇见神野老师了。

可是，那件事却发生了。

一切或许都是必然。一件事的发生是必然，一些人的相遇也是必然。一件事会发生，必有其原因。一些人会相遇，也必有其意义。不知是不是到了年纪，我最近总是会这样想。

至少对于我来说，只要自己还能为安藤麻衣子做些什么，那么，我就必须去做。

安藤麻衣子的母亲用疑惑的眼神反复看着神野老师和我的脸。注意到她的眼神后，神野老师先开口道："其实，今天这位野间先生找到我，是有件事想要拜托山本女士。我虽深知这样很失礼，但还是同意了他的请求，带他来见您了。"

"这倒是没关系，有什么事要拜托呢？"

"嗯。是关于您女儿。"

前安藤夫人吃惊得睁大了眼。

我见时机不错，便主动讲清了自己这次来访的目的。

对方一边听，一边将双眼徐徐睁得更大。

最后，我将活页夹里的那一沓画展开给她看。她眼中溢出了大滴的泪水，不断滑落脸颊。

"她在创作故事这件事，我是知道的。不过，这个长颈鹿的故事我是头一回听说，她之前写过其他动物的……"

"动物？"

"是，叫纳摩盖……什么来着，名字很奇怪。或许是她自己虚构的动物名称吧。方便的话，能请您读一读吗？"

麻衣子的母亲说着，已经从沙发上半站了起来。

"好啊，不麻烦的话我非常想读。"

之所以这样回答她，也不单单是出于应付。说真的，我对这位死去少女写下的另一个故事也颇感兴趣。

麻衣子的母亲走进另一个房间，随后拿着一卷薄薄的纸回来。和之前我曾经见过的那份投稿用的稿件一样，是用文字处理机打印在 A4 纸上的。作品名叫《最后的纳摩盖吐龙》。

这是很久、很久以前的事了。

在如今被称为纳摩盖吐沙漠的地方，生活着一头名叫纳摩盖吐龙的恐龙。纳摩盖吐龙有一条可以随意活动的长脖子，一根很棒的尾巴，能够轻松维持庞大身躯的平衡，还有四条足以支撑起沉重身体的、坚实的腿。

说真的，这头纳摩盖吐龙拥有一切。生着柔软水灵的青草的大地，冒出清澈泉水的泉眼，还有倒映在水面上的湛蓝的天空，这一切，都属于纳摩盖吐龙。

可是，不知为何，这头纳摩盖吐龙并不幸福。

"你不该不幸福的啊，为了你，我可是一直在播撒着温暖的光芒呢。"

太阳说。

"就是啊，你不该不幸福的啊。为了你，我可是一直拼了命地孕育茂盛美味的青草呢。"

大地说。

"就是啊就是啊，你不该不幸福啊。为了你，我可是一直小心翼翼地降雨，就是为了让你喝上水，吃上草啊。"

天空也说。

因为大家都显得有些生气，于是纳摩盖吐龙感到抱歉极了。

"我为什么就这么不知感恩呢……"

纳摩盖吐龙垂下长长的脖子，如此想道。

之后，又过了好几年。

纳摩盖吐龙还是老样子，拥有一切。生着柔软水灵的青草的大地，冒出清澈泉水的泉眼，还有倒映在水面上的湛蓝的天空，这一切都一如既往，属于纳摩盖吐龙。

在这一段岁月里，纳摩盖吐龙已经长成一头茁壮的成龙。他抬起长长的脖子，似乎能够到天空，四条强壮的腿始终坚实地踩在大地之上。尖尖的尾巴一甩，仿佛能将太阳拍打下来。

可是，纳摩盖吐龙仍然不幸福。

他的长脖子总是低垂着，尖尖的尾巴也一直拖在地面上。而且，他几乎从未用四条强壮的腿在大地上奔跑过。

因为，他过得非常不幸福。

有一次，纳摩盖吐龙意识到了，自己之所以这么不幸福，是因为太孤独了。明明身处一大群朋友之中，他却仍旧是孤独的。

很久以前，纳摩盖吐龙并不是孤独一头的。他健壮庞大的父亲和温柔聪慧的母亲，一直陪伴他左右。

后来，突然有一天，父亲不见了。很快，母亲也不知跑去了哪里。于是，纳摩盖吐龙变成了一头孤零零的恐龙。

为什么自己这么孤单呢？他这样想着，度过了很长一段时间。他想起了很久很久以前，温柔的母亲曾对自己讲起的过往。

"在你出生的那一晚呢，突然出现了一个魔女。她这样告诉我：'这个孩子的名字叫孤单。'所以呀，你同时还有这样一个名字哦。"

一声叹息将我拉回现实。是坐在我身旁的神野老师发出的叹息声。

"您觉得如何呢？"麻衣子的母亲睁着大大的一双眼睛问道。

"虽然还只读到一半……不过，感觉这个故事很悲伤呢。"

纳摩盖吐龙为什么那么不幸呢？这故事之中登场的恐龙，总令人忍不住想到如今已不在人世的那个少女。

麻衣子拥有着人人羡慕的美貌，经济丰裕的家庭。据直子讲，她成绩也很优秀，其他同学都很羡慕她……

或许，包括直子在内的众多平凡少女心中所描摹的理想形象，就是麻衣子吧。

可是——

安藤麻衣子集万千宠爱于一身，所以她很幸福。这只是大家想当然的看法。不，这甚至是大家强加给她的羡慕与憧憬——她这样的人，必须幸福。

或许这一点，正是麻衣子不幸的根源。

双亲不和，再加上她自身难以承受的那些失衡的情绪，统统都被藏在美丽的笑脸背后。为了身边的人，也为了她本人的自尊，麻衣子必须幸福。

太痛苦了。我不由得这样想。

只要再过十年，不，至少再过五年，麻衣子的抗压能力就会更强些，也能学到更多坚强生存的方法吧。到那时，她也一定会萌生出爱恋之心，会产生"真幸运自己能诞生在这个世界上啊"这样的想法吧。

然而，麻衣子的母亲其实并不是出于我以为的感性角度才问出"您觉得如何"这个问题的，因为她紧接着又略有迟疑地问道："那这个……您也能帮忙出版成册吗？"

也就是说，她之所以拿来这篇文稿，正是对我此次来意的一个回答。

"这个嘛……"我略感迟疑，十分含混地摇了摇头，"毕竟关于第一本我们也才刚开始启动，现阶段我还没办法给您比较确切的答复。不过，既然您这样讲，就说明您同意我们出版令爱的作品了，对吗？"

"倘若她有这样的期望，那我会同意的。"

说罢，她那一双大大的眼眸之中便微闪起涟漪。

"至于她父亲那边，我会去说服的。绝不会让他有反对意见。"

"这样吗，哎呀，那就拜托您了。"

短暂的沉默，只能听到纸张翻动的声音。是神野老师在认真读着稿子。她发现我们二人看过来的视线，不由得略有些脸红。

"可以的话，这份稿子您就拿走吧。我这边还能随时从文字处理机那儿打印的。"麻衣子的母亲说道。

她是冲着我这边在说话，看来她刚才问到的"能否帮忙出版这两部作品"的态度相当认真。

也就是说，她的愿望和我相同。不，这样说其实很失礼。因为她和麻衣子之间有着血缘维系，所以那种愿望显得更迫切，也更贪婪。

我们都希望能通过更多的有形之物，证明安藤麻衣子这个少女曾来过这个世界——要尽量多些，再多些。

神野老师将读完的稿子递给了我。我将那份稿件和随身携带的几张画稿夹在一起，随后，话题便转移到了神野老师原本的来意上。

麻衣子的母亲一直屏息凝神地聆听着神野老师的讲述。渐渐地，她的双眼再度睁大，脸色肉眼可见地变得苍白。这也很正常——我想。毕竟这讲述中涉及了人性最为荒唐和露骨的恶意。对于对方这样一位出身教养似乎都很优秀的女性来说，似乎有些过于刺激了……

可是，很快我便意识到，自己完全误会了这一切。

因为，她突然猛烈地爆发出一声尖叫。

"是那个男人！是他杀了麻衣……杀了我女儿！"

5

——从很遥远的地方，传来一个声音。

"喂喂……吗？杀人犯？欸，不是吗？你说你没有？"

不知是谁在对着听筒说话。那嗓音甜美可爱，句尾的音调还会微微上扬，很有特点。

是安藤麻衣子。

麻衣子咻咻笑着又说："因为我可都知道的哟？我知道你是杀人犯哦。"

此时，或许是对方挂断了电话吧，少女耸了耸肩，将听筒放回到电话机上，随后她才注意到这边。

"哎呀，你在这儿呢？"

她微微笑着，只说了这么一句话，随后便扭过了身……

这是野间直子在拂晓之时做的一个梦。

只不过，这梦也曾是过去真实发生过的。当时，安藤麻衣子尚活在人世。

望着她后背跃动的秀丽长发，那个单词在直子脑中逐渐清晰具体——

杀人犯。

当时她心里想的是，自己和安藤麻衣子之间又有一个小秘密了。

所以，这件事她没和任何人提起过。

电话铃声数够五声后，小幡康子拿起了电话听筒。隔她两张办公桌的位置坐着个年轻男老师，他稍稍瞥了康子一眼，但是并没开腔。

教职员室一派闲散气氛，只能听到一阵又一阵热闹的蝉鸣声。

"喂？"

听筒的另一头响起一个战战兢兢的声音。

"那个，我是三年二班的野间……"

"哦哦，野间同学？"

对方是康子班上的学生。

"我是小幡，怎么了呀？"

"小幡老师啊……"

听野间直子的声音，她明显松了口气。

"那个……请问神野老师也在吗？"

这句问话听上去与其像在打听，不如说更像是一种期望。

"她不在，今天不是她当班……估计她现在应该在家吧？"

"刚才我给她家里打过电话来着……"

"你有什么很紧急的事情吗？"

小幡心中突然涌上一阵好奇。

"能跟我说吗？"

"不……"

少女的声音突然慌张起来。

"没什么事，完全没有。真抱歉，谢谢您了。"

随后，她便挂断了电话。

康子轻轻摇了摇头，再度回归到工作中。她得为暑期补课时举行的模拟考评试卷。

不知为何，外面的蝉鸣声突然齐齐停住了。

手机的呼叫铃声不停响着，稍迟，小宫才注意到自己忘记按掉了。

（喊，看来自己今天是没工夫工作了。）

他对自己的粗心略感后悔，不过还是按下了接听键，短暂地应了声："你好。"

声音放低沉，听上去总有种没好气的感觉。

"小宫？我是野间……"

"你啊。"

听到对方的声音，小宫轻轻咂了咂舌。

"你着急吗，不急的话……"

他本想接着说"那就下次再说吧"，可对方似乎意识到他接下来要说什么了，急急匆匆地盖过他的声音。

"我很急。"

接下来，小宫还没开口，电话那头的人便快言快语地讲了起来。

6

"那个……神野老师。"走出公寓后，确定已经离麻衣子的母亲足够远，我同走在身旁的女性搭话道，"您怎么看？就是……她刚才说的那些……"

"怎么看，您是指？"

神野老师直直盯着前方，用一种旁观者清一般的语气回答。不知是不是错觉，总感觉她脸色有些不好。

麻衣子的母亲情绪突然失控，我们两个人刚才一直在拼命安慰她。话虽如此，安抚工作基本都是神野老师在做。不过我们也因此早早就离开了山本家。

她歇斯底里得非常厉害。不过听她说话的内容，又莫名地很有逻辑。

她说，那男人一直尾随麻衣子。

麻衣子给不认识的毕业生写的信，被某个恶意满满的人染指了，这绝不是偶然。

那个男人一直在跟踪她。

而且，他发现了麻衣子投递出去的信件，卡在了邮筒入口——

用文字处理机一查，就知道那封信是什么时候写的了。写信的时间是今年一月三十日。麻衣子被杀的日期，则是二月二十二日。

若说只是偶然，可这两件事的时间也未免太接近了。

所以，这应该不是什么偶然。那个男人就是杀害麻衣子的凶手——

将麻衣子母亲说的那些话总结下来，便是如此。

"安藤……不，山本女士所说的，其实还挺切中要点，不是吗？就像她说的那样，这两件事倘若是偶然，那未免太巧了。"

"话虽如此，但也没有任何证据啊。"

"的确还没什么证据。"

我下意识地耸了耸肩，对方那莫名执拗的态度让我十分在意。

"可至少我是无法接受的。其实我一直都特别在意一件事，倘若凶手的目标一开始就只有麻衣子一个人呢？"

"无法接受？"

"是啊，就是当时直子没有被杀害的理由。还有……那之后她也一直平安无恙的理由。毕竟，那孩子看到了凶手的脸，是唯一的目击者。换句话说，就是活着的人证啊。当然了，我和直子一直都非常小心……"

可是，倘若那个脑子出了问题的凶手真想下手，那一个人再怎么自我防卫，也几乎没什么帮助。而且，一开始那些警察和护卫也早就不再保护直子了，因为他们判断直子已经不会再遇到危险了。听说他们之所以会如此判断，主要是因为按直子所画的凶手肖像制作而成的照片，早就已经传播开了。也就是说，如今直子已经不算什么唯一目击者了，所以凶手也就没那个必要专门再去为了封直子的口钳而走险。而且，关于直子的遇袭事件，警方一直按着没有让新闻媒体报道。所以，凶手并不知道自己攻击的那名少女究竟是谁。于是可以断定——直子是安全的。以上就是警方的解释。

当然，这番解释不无道理。可我作为直子唯一的监护人，还是忍不住心存怀疑。那起事件发生时还是隆冬不是吗？如今已经是蝉声大噪的夏天了。在此期间，凶手竟然一直未落网，这不就意味着那个什么凶手肖像模拟照片模拟得根本就不像嘛！倘若如此，那对于凶手来说，直子的存在依旧是个威胁，这一点根本没有改变啊。

然而，现实情况却和警察说得一样。直子身边完全没有一丝危险的气息。

凶手并没有故意去冒风险，是因为他有一定的自控力和正确的判断力，或者单纯是因自己所犯罪行之重大而感到恐惧？

还是说——

那起恐怖事件发生后，直子曾这样说：

自己之所以没有被杀掉，是因为凶手并没准备要杀死自己。

那么反过来想想，其实就是这个意思吧？

也就是说，安藤麻衣子之所以惨遭杀害，是因为凶手从一开始盯上的就是她。不是直子，也不是别人，就只有安藤麻衣子。

事到如今直子仍旧安然无恙，这一事实，就是以上推测的最佳证据。

再加上——没错，再加上当时听过直子的讲述后，那个警察说的话。

"这也真是奇怪了。"

凶手为什么要连续两天，在同一个地方袭击同样年纪的少女呢？从常识角度考虑，对于凶手来说，这一举动可是相当危险的。直子报警的时间晚了些，这对于凶手来说也完全只是侥幸。而且他也根本不知道直子什么时候报的警。最重要的是，这家伙还有车，他完全可以找一个更偏僻、行人更少的道路去蹲伏猎物。可他却没有，反而连续两天守株待兔。

"不过，像过路魔这种脑子有问题的人，也不能从常识角度去琢磨啦。"

分析了一番后，那个警察又如此总结道。

他说得或许没错，但是……

不过凶手……嗯，果然应该是……

我下意识地用食指按住了太阳穴。此刻的心情真的越来越像一个在陌生城市里迷路的司机了。反复转过无数道弯，最终总会回到立着同一路标的死胡同。

那路标上这样写道：

凶手认识安藤麻衣子。他只为袭击麻衣子一人，才潜伏于黑暗之中。

就仿佛一只暗夜乌鸦。

我迈着大步越走越快，完全陷入了独自一人的思考状态之中。待反应过来，我才注意到自己已经把同行的人忘了个一干二净。原本应该走在我身边的神野老师不知何时已经不在了。我忍不住对自己的迟钝和迷糊大为恼火。她的右脚可还略有不便呢。

慌慌张张跑回来时的那条路，却到处都找不到神野老师了。我唉声叹气地就近找了个电话亭，拨通了小宫的手机。

"——你这家伙啊，真活脱脱一个超级大蠢货！"

听我讲述了事情始末，小宫第一句回复的就是这个。

"谢谢了啊。我就是为了听你臭骂一顿，才给你打的电话。"

如今，我也没什么脸面去找神野老师了。自己辱骂自己什么的，我也已经骂腻了。

"你这男人究竟怎么回事啊！真的是！彻头彻尾的一个傻帽大棒槌！"

小宫这骂人话越说情绪越高涨。

"而且，你还是个毫无同情心的自私鬼！我简直想和你友尽了哎。那老师也太惨了吧，人家不是腿脚还不太方便吗？结果你啊，你是想显摆你那个略长了一丁点儿的腿是吗？还是根本什么都没想，就自顾自地匆匆忙忙走远了啊？"

"我在想事情啦……不过，你也注意到了吗？她的脚……"

"那当然。我可是一路目送你们两个人相亲相爱地走远了呢。这还是看得出来的。不过，你可听好了，之后直子恐怕要被记恨的哦！学校老师因为你的问题，心情不好，结果影响到直子的前程啊成绩一类的，该怎么办啊？"

"别瞎说！神野老师可不是那样的人。再说了，她是校医啦。"

我话音落毕，电话那头传来一个有些突兀的停顿。随后，小宫突然压低声音道："说起校医我想起个事情，不记得是什么时候来着，我家附近的沙坑里发生过被人埋了利器的事。"

"利器？"

"是啊。裁纸刀呀水果刀一类,此外……"

小宫的声音稍顿片刻,又加了一句。

"还有一把救生刀,刀刃大约十五厘米长。"

"喂,那岂不是……"

我脑中突然灵光一闪。夺走安藤麻衣子的生命,并且威胁过我女儿直子的凶器,距警察的推测,正和我刚听到的这把利器的形状完美吻合不是吗?

我顿时无语了,小宫无视我的惊愕,继续低声讲解起了整个事件的经纬。被利器所伤的猫咪,一直在下的雨,还有凶手真正的目标……

"当时正好直子来玩儿了,我家高志就把这件事告诉了她。你没听直子讲过吗?"

"没,我头回听说。"

"第二天,小直就打电话过来,说得马上去附近公园的沙坑调查,所以高志才跑去的,而且还是在千钧一发之际救了人呢。"

"这件事,直子是自己推理出来的吗?"

"不,直子说自己把这件事讲给了她们学校的校医。也是那位校医下指示让高志赶快去公园的。那个校医,应该就是……"

"是神野老师。"我近乎呻吟着接话道。

"再加上二月份发生那件事时她的分析,看来她是个相当聪慧的女性呢。"

小宫的语气既有些感慨,也有些忧虑。我明白他在担心什么。

那么聪明、美丽,还比你年轻了十二岁的人,怎么可能会搭理你这样一个独自抚养孩子、只会画些没前途的插画的鳏夫?别做大梦了!

不是你想的那样。

我这样回应。当然，和小宫一样，我的反驳也没有实际说出口。

没错，绝不是那样。毕竟，算这次在内，我和她也才见过两面啊。

当然，问题也不在见面次数上。

我又一次在心底里自问自答。

她看上去好冷。并不止是在二月那个寒冷的日子——在安藤麻衣子的葬礼上与她相遇时有这种感受。眼下明明是七月，可今天隔着咖啡馆玻璃窗看出去，我发现她看上去还是很冷，非常冷。

如果说，安藤麻衣子是玻璃做的长颈鹿，那神野老师便是冰塑成的人偶。倘若有人想要温暖她，一旦靠近，她似乎就会瞬间融化、消失。她就是这样一种濒危又如幻梦一般的存在。

我不会去做堂吉诃德的。我没有那么自负，更何况，她心中那个人已经死了。

交通事故。未婚夫的死亡。从医学角度来看早已治愈，但却根本不听使唤的右脚……

二月的那个寒冷的日子，我们之间对话的片段，此刻仿佛粉雪，纷纷飘落。

冰冷彻骨的公园长椅。写在地面上的，笔画很难的汉字……就好像人心一般复杂。是选山，还是选海呢？决定了命运的残酷选择。在儿童公园玩耍的幼童……

公园？

我的思考突然停住了。

从这儿走过去，步行大约需要十五分钟。该不会，那个公园里……

"喂，抱歉哦，我先挂了。"

我对着电话另一头大喊一声。

"啥意思？你怎么这么任性？话说回来，最重要的事结果如何了啊？会面情况怎么样？得到人家遗族的同意了吗？"

"哦哦，那件事没问题的。咱们接下来就谈谈实际出版的事儿吧，一会儿我再给你回一通电话。"

"喂喂……"

对面正准备说些什么，背景音里却传来一阵广播声。

"乘客请注意，在车厢内使用手机，将会影响其他乘客乘车……"

他现在应该正在坐电车。说起来，对面其实有蛮多杂音的，但是我一门心思沉浸在自己的思绪里，刚才根本没注意到。看来是做了很失礼的事了。

"回见喽。"

我简短地道了别，对方也不情不愿地挂断了电话。

儿童公园比我想象得更远，即便如此还是比预计的要早到了些。我感觉到自己衬衫的后背已经被汗浸湿了。或许是因为厌恶眼下这种日头过高的酷暑，公园里几乎连个人影都没有。

我看到神野老师正挺直了后背，坐在和之前一样的长椅上。我的影子落在她脚下，她抬起头，微微笑了。

"我想，您说不定会在这儿。"

"实在抱歉。"

我赶紧低头致歉。

"我思考事情或者专心做事的时候总是太沉迷，渐渐地就注意不到周围了……我去世的老婆之前也常骂我呢。真是个坏习惯。"

神野老师又微微一笑。双唇的缝隙间，能隐约看到雪白的牙齿。

"该道歉的是我啦。说实话，之所以被野间先生落在身后，其实是我有意为之。"

"有意为之？"

"是啊，其实，我是想一个人稍微静一静，去思考一些事。"

"思考什么？"

我脱口问出这句话之后，立即为自己的多嘴感到后悔。不过对方却并未显得不高兴。

"和野间先生在思考的事情相同。"她谜一般地回应道。

"是在想安藤……麻衣子的事，对吗？"

二月发生的那起令人倍感沉痛的案件。四月发生在公园里的那起令人难以置信的案件。还有六月，围绕一封迟迟未送达的信件发生的事。

倘若能将这些事件都拢到一处，那么神野老师便和这所有事件都有关联。就算是偶然，如此反复的叠加也便成了必然。

"该不会，关于杀害那名少女的犯人，您想到什么了？"

问出这个疑问后，神野老师慢慢地眨了眨眼，凝视着我。一抹淡淡的微笑，就仿佛熄灭前一瞬的火焰般，晃动了一下便消失了。

"总觉得，我其实一直在等着有谁……嗯，我想一定是野间先生来问出这个问题的。"

神野老师微微歪了歪头。

"之前我们见面那次，对了，也正好是在这儿。野间先生不是说过嘛，感觉就好像是自己杀了安藤同学一样。那倘若我现在要说的话,和当时野间先生所说的相同,又如何呢?"

"相同?"

"没错。"对方轻轻点了点头,随后,她用十分平静的口吻回答,"是我,杀死了安藤麻衣子。"

7

"等,等等……"

我仿佛瘫倒一般,挨着神野老师坐下。混凝土材料在太阳的直射之下,简直热得恐怖。热气透过牛仔裤的布料切实传到了皮肤上。我看着神野老师身上那件清凉的连衣裙,那裙子质地单薄,她不会觉得热吗?我迷迷糊糊地想着。可是,神野老师十分规矩地并拢双膝端坐,那副模样别说热了,看上去甚至还有点冷,简直就像在保温盒里摆放的一朵苍白的鲜花。

"您刚才说自己杀了她,是吗?"我好容易才继续问道。

"是啊。"

神野老师依然十分平静地点了点头。

"可是,我当时说那句话的意思,其实是因为我的错,害那个孩子死了,就仿佛我亲手杀了她一样……原话我忘记了,但大概就是这个意思。"

"是啊,的确。"

"那就是说,其实您想表达的意思不是您杀了她,而是您仿佛亲手杀了她一样,对吗?"

"是啊。也可以这么说吧,但结局还是一样的。"

"结局是一样的吗?"

在我心中,安心感和不断袭来的不安感极为复杂地交织在了一起。有那么一瞬，真的只有短短一瞬，我脑海中十分生动地闪现出，将她当作杀人事件元凶向警察通报时自己的模样。

"即便如此，老师您又为何要为那女孩的死感到自责呢？"

我的疑问带着点故意说反话的意思。神野老师听罢，沉默了很久。唯有蝉鸣大噪，吵闹不已。

"如果您不想回答，那也请不必勉强。"

很快，我有些心急地补了一句。

"不过，也请允许我说几句好吗？眼下，凶手仍未被逮捕，他此刻说不定正大摇大摆地在附近街道上闲逛呢。也可能，他现在心里已经在想着风头过去了，可以开始物色下一个牺牲者了呢。您如此聪明，不会没注意到这一点，对吧？所以，您究竟是什么意思呢？如果您知道一些内情，而这些信息刚好又能为逮捕凶手起到作用的话……"

说着说着，我逐渐噤声了。因为单是用眼角的余光就能感觉到，神野老师的脸色明显变得煞白。她望着我的眼神显露出一层十分明显的恐惧。

"倘若如此……"

神野老师低声喃喃。她的声音实在太小了，不重复一遍的话，我甚至都没听清她在说什么。

"倘若如此，凶手可能会盯上由利枝。"

"由利枝？"

"就是安藤同学写的那封信的收件人，我们学校的那个毕业生。"

"凶手为什么会盯上那位女性呢？"

"因为谁都没能发现他，谁都没有制裁他。"

"您究竟在说什么啊？"

听我这样问,神野老师沉默许久,仿佛丝毫没有要回答我的意思。

"我想讲讲自己的事。"

她说着,那双眼睛仿佛在看着和我所见完全不同的风景。

"也不是什么很特别的事,挺无聊的,是随处可见的平凡之事……我十来岁的时候,觉得活着非常辛苦。我每天都很痛苦,也不明白活着究竟有什么意义……如今我再去回忆当时,记忆里只有雪白的一片,当时交了什么样的朋友,有什么样的梦想,为什么东西感到高兴,每天都在思考些什么……这些统统都想不起来了。当时的我,就好像那种泡沫板,雪白,轻盈,干枯。所以……所以我总觉得,什么时候死都无所谓。当然了,不是我主动去寻死。而是类似于,走在路上突然被失控的车子撞倒,或者乘坐的飞机坠毁,又或者是患上什么不治之症……我当时净想着这些事,甚至还有点期待这些事情发生。"

听她讲述,我略有些震惊,不由得紧紧盯住了她的脸。

其实,我或多或少能够想象得到。眼前这位女性在和直子相同年纪的时候是什么样子的。那时候的她,该是多么富有生命力和青春活力,该是多么活泼,多么闪耀夺目。

不仅限于她一人,这些特性都是年轻人自然拥有的。更何况,眼前的她在少女时期,一定是惹人爱怜的女孩。

"您过去为什么那么不幸呢?"

听到我这样问,对方淡淡笑着摇了摇头。

"我不觉得自己是不幸的。倘若真的这样想,那我会受到惩罚的。毕竟,我的生活没有任何不便,可是……"她短暂地沉吟片刻,然后不知为何,略带歉意地补充道,"可是我也从没觉得自己是幸福的。"

"倘若即非不幸，也非幸福，那究竟算什么呢？"

"就是空荡荡的吧，像没有内容物的空盒子，或者空瓶子、空罐头、沙滩球……还有，嗯，还有纸风船一类的。"

最后的这个比喻可能最接近她当时的感受吧。神野老师的视线就仿佛在追着一颗肉眼看不见的纸风船一般，轻飘飘地上下晃了晃。

用五彩缤纷的薄纸拼贴而成的美丽纸风船，不论以如何曼妙的身姿在空中飞舞，都被一层脆弱和不稳的危险所笼罩，很可能在下一个瞬间就立即瘪下去了。

"我当时觉得只有自己在受苦。"神野老师似乎在望着很遥远的地方，如此说道，"我当时太弱，但也太傲慢了。所以活着是种痛苦，我当时一直都是这么想的。可是我从自己所做的工作中明白了，其实一切本非我当初所想的那样。"

"就是的呀，神野老师您一点也不弱，也不傲慢啊。"

"不是的。其实是我看着每天轮番在我的校医务室进进出出的那些女生，才意识到了那些孩子和自己有多相似。说得准确些，其实是和过去的我有多相似。对于这些孩子来说，活下去，这本身就是一件非常困难的事情。"

怎么可能呢？我如此想。

难道不是吗？此刻走在大街上的那些少女，看上去不是都很开心吗？明明个个都是春风得意的模样。她们仿佛翩翩起舞一般，在人生的道路上蹦蹦跳跳地走着。不时捧腹大笑，不时轻哼歌谣，一边还会伸手摘取沿途的花瓣。

这样的生活状态，才符合她们的形象呀。

不，不对。这些都是我的先入为主，我认为她们必须这样。

神野老师轻声继续道："其中和我最为相似的……"

"就是安藤麻衣子，对吗？"

"是啊。她其实和我的感受一样。安藤同学和当年的我仿佛精神上的双胞胎一般。所以我懂的……我懂她为什么想死。"

"想死，其实也就意味着想活着呀，不是吗？"我下意识地用比较强势的语气反驳道，"关注死，也就意味着同等程度地关注着生。至少我从她那篇《玻璃长颈鹿》中是感受得到的。我想，她的愿望不可能只有死，不是吗？"

神野老师圆睁起一双大大的眼睛，随后点了点头。

"恐怕正如您所说。她也曾经这样告诉我：'我虽然讨厌无意义地活着，但更讨厌无意义地死去。'记得她当时望着我的双眼之中，充满了挑衅。"

我仿佛看到了她当时的表情。其实我们只打过一个极短暂的照面，而且当时四下昏暗，我也很慌，根本没办法仔仔细细地端详她的脸。

可，我却能想象得出来。这究竟是为什么呢？

"我虽然讨厌无意义地活着，但更讨厌无意义地死去。"

如此宣布时少女脸上的表情，还有她那高傲的语气，我都能想象出来。一切仿佛就发生在眼前一般生动清晰。

"不知您是否知道这样一件事。"神野老师突然开口道，"在美国的佛罗里达州，有一对夫妻。他们的宝宝有着重度残疾，先天没有大脑。如今的医学已经十分发达，所以在宝宝还是胎儿时已经检查出来了。当然，医生们建议停止妊娠，就算顺利将它生出来，孩子没有大脑也无法存活下去。可是那对夫妻却决定将孩子生下来。"

"为什么啊？"我不禁问道。

"因为宝宝的心脏、肺、肾脏，可以捐给需要做脏器移植的其他孩子。如果能够拯救其他因疾病而受苦的孩子，那么自己的宝宝降生在这人世间就是有意义的。"

"怎么会这样……"

我近乎呻吟着说道。可是，我自己也无法判断这对夫妇的做法究竟是对还是错。

"可是，这对夫妇的愿望最终没有实现。"

"为什么？"

"因为法院没有判这个被生下的孩子脑死亡。这对夫妇主张孩子本身没有大脑，出生即脑死亡状态，但法院却并没有采纳他们的意见。出生仅仅十天，这个婴儿便死去了。"

"怎么会这样……"我再度重复道。

仅仅十天的人生。仅仅十七年的人生。

也不能断言法院的判决就是冷血无情的。因为涉及脏器移植方面，在日本也是十分重大的问题。什么是生命？伦理的界限在哪里？死的基准又是什么？

世上有无数人，也就有着无数不同的立场和想法。想要靠一个简单明了的解释去回答一切，这是不可能的。

可是……

想到那个降生在人世间仅仅十天的婴儿，少女的声音再度回荡在脑海。那是死去的安藤麻衣子的声音。

"我虽然讨厌无意义地活着，但更讨厌无意义地死去。"

我猛地抬起头。

"神野老师。"

我的声音略有些沙哑。

"也就是说，您的意思是，您曾经教唆麻衣子要'有意义地去死'对吗？"

听罢我这句话，神野老师轻轻点了点头。

"请您解释一下。她的死究竟意味着什么呢？不，比起这个，更重要的是您知道凶手是谁，此时身在何处吗？"

神野老师露出似哭似笑的表情，十分含混地摇摇头。

"对不起。我没法回答您的问题。"

"可是……"

"能请您再给我些时间吗？"她站起身，用极度疏离的冷淡语气如此说。

随后，她又一字一句地补充道："再见了。"

她歪了歪头，笑了。

很快，她那略不协调地晃动着的纤弱肩膀，便渐行渐远了。

等到神野老师已经不见了踪影，我才终于像是从某种定身的咒语中挣脱出来一般，起身狂奔。她的身影消失在十字路口的拐弯处，当我跑过去时，那儿已经满是行人和车子发出的噪声，一片混沌。我陷入难以挽回的境地，不知所措地呆立在原地。

8

外线的红色提示灯一闪一闪的，电话铃声响起。这一次，小幡康子数到七之后，拿起了听筒。一旁的同事连头都没抬起来。最终，外部打来的电话全都是康子一个人接的。下次她可不能再忍了。

"您好，这里是花泽高中。"康子用一种极为公事公办的语气说道。

大概一个深呼吸的时长后，对方自报家门道："呃……我是三年级二班野间直子的父亲。我女儿受您关照了。"

"哎呀。"

康子下意识地抬高了声音。这还真是稀罕了。学校正放暑假，结果这父女两人前脚后脚打来电话……

"我是直子同学的班主任小幡，请问您有什么事？"

有些家长随便一点鸡毛蒜皮就要打电话给学校。但也有些家长会尽量不和学校联系。就康子所知，野间直子的父亲应该属于后者。

"非常抱歉，能请您喊一下我女儿吗，有十万火急的事。"

"什么？"

"这个……我很清楚学校在上暑假补习的课，但是我真的有急事。能请您把直子找来听一下电话吗？"

"这个……"康子困惑不已地开口道，"您是不是搞错了？今天上午学校要维修施工，所以今天不上课。"

康子一边解释，一边暗暗感到麻烦。看样子野间直子应该是对父亲撒了谎，自己跑去别的地方了。这种事其实常有，不过后续也可能会发展出一系列麻烦事……

电话那头，直子的父亲似乎比康子还要迷茫。短暂的沉默后，他的声音不自然地开朗起来。

"哎呀，真是太不好意思了。那估计是我搞错了。直子明明说了要去找朋友的，是我没好好听进去，还误以为她和平时一样，又去上暑假补习班了呢。对不起，让您操心了。"

"这倒没什么啦。"

就算是双方都不相信，但想要寻求一个更为稳妥的解决办法，就只能承认事实。不过小幡再怎么说也是班主任，她有必要提醒一句。

"如果发生了什么事，还请务必告知学校一声哦。"

"好的，当然会的……"

对方答应下之后，又是一段时间的踌躇。很快，对方好似下定决心般问："那个……请问迄今为止，直子在学校上课或是参加补习的时候，出现过无故缺席的情况吗？"

"当然没有。直子同学是个非常认真的好学生。"

电话那头的直子父亲似乎大松了一口气。不过感觉得到他似乎还有其他在意的事，所以迟迟不挂电话。

"呃，请问您还有什么事吗？"康子提了个话头。

于是对方总算开口道："嗯。我问的这个问题可能有些奇怪，但是，能请您告诉我您的同事神野老师的电话吗？"

这个问题的确奇怪。倘若接电话的是其他老师，估计会直接问："请问您找校医有什么事？"

可是，康子却从野间直子和神野菜生子的关联之中，猛然想到了些什么。那是她作为教师，不，那是她自身具备的一种直觉。

"发生什么了吗……关于安藤麻衣子？"

对方似乎大吃一惊。

"您为什么知道……啊，不是……"

"请您不要隐瞒。我是直子的班主任，和神野老师私下里关系也不错。再加上……我也曾是那个孩子的班主任啊。"

康子发现同事似乎竖着耳朵在偷听，于是不愿再说出安藤麻衣子的名字。

"您不觉得……我有权知情吗？"她尽量用冷静的声音说道。

而对方也并未有过多犹豫便同意了。

"您说得对。"

"那么，能请您解释一下吗？"

"但是，我现在没法马上说清。"

对方的语气满是歉意。

"您刚才说，有急事找直子对吧？"

"说实话，其实我也不确定，也可能是我想得太多了，最后只是白折腾一场……不如说，白折腾一场反而更好吧。不过，不论发生什么，我都一定会报告给您的。"

直子的父亲语气强烈地恳求着。

应该可以相信他吧。康子想。她对直子的父亲印象很深。一般三方谈话和家长会都是学生的母亲参加，所以直子父亲在其中显得十分醒目。他每次来都是一副很不自在的样子，不过这个人虽然形象上十分洒脱，为人却很踏实诚恳。康子对这位家长还是很有好感的。

不过，对方似乎误会了康子短暂的沉默，开始拼命解释自己的确是直子的父亲，绝不是什么奇怪的外部人士，甚至开始罗列起了直子的出生年月日、学籍号，还有第一学期的考试成绩。康子轻声笑着按住对方的滔滔不绝。

"请您准备纸笔记一下吧。"

说着，她翻开了教职员名簿。

"不过，如果神野老师不在家的话，您要怎么办呢？"

对方重复核对了一遍电话号码后，康子突然想起来一般问道。

"哎呀，这……"直子的父亲沉默了一会儿后说，"请问，能否再拜托您查查另外一个住址呢？是一个已经毕业的学生……能查到吗？"

"翻一下毕业相册应该就知道了。只要她还没搬家……"

"这不要紧。抱歉，我只知道名字，但是不知道她现在的年纪。她叫由利枝。"

"只有这么一点细节的话，有点……"康子有些没辙地小声道。

"拜托您了，不是很久之前的毕业生，也就是这几年的……对了，几年前，学校曾经被纵过火吧，就是当时在校的学生……"

听到对方这一番话，康子的双眼顿时睁得滚圆。

空无一人的房间响起了电话铃声。

门窗紧闭的房间温度被外部的气温抬高，室内的空气略有混浊。洁白干净的蕾丝窗帘紧紧遮住窗户，纹丝不动。只有挂在墙上的自动钟，在认真地一步一步走着字。

朴素的木纹风格橱柜上，摆着一张木框照片。画面里，一对情侣亲昵地依偎在一起。

其中的男青年面庞精悍，在他身边绽放美丽笑容的，是这个房间的主人，神野菜生子。

电话铃声持续了一段时间，最终还是停下了。

整个房间再度陷入仿佛被抛弃般的沉寂之中。

小宫的手机响了起来。

他内心充满没能按掉来电的悔恨，接起了电话。

"小宫吗？是我。"对方甚至没给小宫应答的时间，便性急地说道。

"怎么又是您哟。"

小宫忍不住像个小孩子一样噘起嘴。

"不好了不好了，神野老师不见了。"

"刚才你不就告诉我了吗?"

"不是的。她又不见了!"

对方用不同以往的快言快语说明事情原委。小宫长久地沉默聆听,听到最后终于忍不住大喊道:

"人家跟你说'再见了'呀!听到别人用那种语气说再见,会有人真的就'好的吧再见'吗?"

"可是……"

"可是你个大头鬼哦!"小宫唾沫横飞地骂道,"你这家伙啊,究竟有什么大病?怎么总是没完没了地赖着我?我和你不一样,我可是个标准上班族好吗,你究竟明不明白这一点啊。"

"怎么了嘛,你这会儿好像格外不爽。"

对方的语气听上去有些萎靡。

小宫用鼻孔出着气道:"当然了啊。我现在可是正在约会呢。"

"和静香吗?"

"傻不傻!谁会和老婆约会哦。是和年轻女性啊。你要是见到她会大吃一惊的哦。"

"这个……那打扰你了,真对不住哦。"

对方的声音里透着十二分的怀疑。

"总之事情就是我讲的那样,我刚才也给神野老师家里打过电话了,但她的确还没回家。可是才只过去十五分钟,我也不能再给学校打电话了……"

"等等,你该不会……准备给小直学校打电话吧?"

"不是准备,是已经打了。你以为我会傻愣着什么都不做吗?我已经打电话问到了神野老师的联络方式,当时正好是直子的班主任接的电话,简直帮大忙了……"

"就是说,你和小直的班主任说了?"

"你说小幡老师吗？当然了啊。一开始我请她帮忙喊直子过来，结果人家说今天学校休假。我冷汗都下来了。直子这孩子真是的，不知道跑哪儿去了。算了，先不提这个。刚才，我请老师也调查了一下那个由利枝的住处。她说让我三十分钟之后再给她去一次电话，所以这会儿我整个人实在是坐立不安……哎呀，算了，对不住，我之后再联系你吧。"

"你、你等等。别挂，听到没，别挂哦！"

小宫慌里慌张地说着，随后按下了手机的呼叫保留键。

随后，他徐徐转向眼前的那位"年轻女性"，一脸困扰地说："怎么办啊，小直？你今天没去学校的事，已经被你爸发现了。"

9

电话亭简直像个桑拿房一样。我伸直了胳膊将门推成半开的样子，用脚撑住。这样总比彻底关上稍微好些。眼前，小汽车成群结队，一辆辆绝尘而去。我仍不死心地张望着路对面的街道，想从来往的人群中找到神野老师的身影。而注意到自己的这一举动后，我再度变得意志消沉。

会被小宫那样呵斥也难怪。在那种情况下，就算对方主动道别，可是没能挽留住她，也是我太没脑子了。真不明白自己是怎么回事。只能说是因为夏天太热，大脑也被热出问题来了吧。

神野老师是这样说的：安藤麻衣子希望自己被杀死。

她还说，自己和安藤麻衣子非常相似，是精神上的双胞胎。

为什么自己当时就没能马上注意到呢？

想要杀人的人，遇见想要被杀的人——

这不就和想要去爱的男人，遇见想被爱的女人一样自然而然吗？

显然，关于这个杀人凶手，神野老师一定有些线索。虽然这只是我的一种直觉，但恐怕没错。可是，像她这么聪明的女性，会意识不到纵容嫌犯在外面大摇大摆的危险性吗？这怎么想都很奇怪吧？

该不会，她被某一件事牵扯，失去了余力，实在无法再关注其他事了？也就是说她……

她是去见那个杀人凶手了。

我被自己得出的结论吓得愣住了，随即开始自我反驳。怎么可能？她究竟为什么要这么做啊？

可是很快，我便得出答案。

——因为她想被凶手杀掉。

想到这儿，我独自一人猛烈地摇起头。

我自己都觉得自己思虑过度了。这简直是愚蠢的胡思乱想。可是，我还是很在意。

她说今天是故意和我走散的，我猜她说的是真话。可是随后她又特意在公园等待，这是为什么呢？只能认为，是她有话要对我说。又或者，是忘了什么话，需要再告诉我一声。可事到如今，她想说的却只有那么一句。

再见了——

瞬间，我浑身的寒毛都立了起来。该不会，我刚刚代表所有人，听到了她诀别这个世界的最后一句话？

倘若是我思虑过度，那便算了。那只是愚蠢的胡思乱想。

可是……

此时，电话机提醒我卡内点数已经所剩无几。随着那声刺耳的提示声响起，电话那头的通话保留终于解除了，小宫的声音听上去怪异地高亢。

"让你久等了，我刚刚有点事要商量。"

他如此说着。我抬腕看了看，已经到了和小幡老师约好的三十分钟了。

"我才要跟你道歉啦。之后我会再给你打电话的。"

我说完就挂断了电话。将听筒挂回电话机上的前一秒，我感觉好像听到了小宫的声音，但是我实在是心急如焚。

我从钱包里抽出一张新的电话卡，再度给直子学校打了电话。这次接通的声音响了两声，对方就接了起来。和刚才是同一个女性。

"您久等了，请您准备记一下吧。"

我慌忙掏出笔记本。小幡老师在电话那头低声将住址、姓名、电话号码告诉了我。随后，她又将声音压得更低，问："还有，神野老师家里……"

"不，她不在家。"

"这样啊。"她语气听上去有些担心，随后又补了一句，"那个……我现在人在岗位上，不能离岗。您要是有了什么新消息，还请务必告诉我。我知道自己这样显得很难缠，但是真的拜托您了。"

"我明白了，就按您说的去做。"

"那个……还有……"对方稍显迟疑，随后仿佛下定决心般开口道，"刚才在电话里我还没来得及和您讲，今天直子也给学校打了通电话。"

"那是……什么时候的事？"

"嗯，是您打来电话的一小时前。她和您一样，都是来打听神野老师的，问神野老师在不在……"

"是这样哦……"

究竟怎么回事？我实在是毫无头绪。小幡老师估计更是摸不着头脑吧，她甚至连想都不知道该从何想起。

"说起来，关于洼田由利枝这名毕业生，您知道她是一个什么样的学生吗？"

"洼田由利枝……嗯，在我的记忆里，她是名优等生。看了毕业照片我又想起，这孩子长得特别漂亮，成绩也好，在学校从来没惹过事……从这些角度来看，她和安藤同学倒是非常相似呢。"

我突然一愣。

我是不是刚刚才听到过类似的说法来着？

"发型呢，她的发型是什么样的？该不会是那种直直的长头发吧？"

我自己都觉得在问些很令人生疑的问题，对方想必更会感到疑惑吧。

小幡老师语气略显困惑地回答道："正如您所说，是长直发……不过我们学校的校规本来也禁止烫卷发的……"

"真抱歉，问了些有的没的……"

我慌里慌张地打断对方的话。已经没时间解释了。

"我会马上去联系洼田女士的，打扰了。"

"请等一下。我还有件事想告诉您，虽然不清楚是否有关联……"

"您请说，什么都行。"

"毕业相册是保管在学校资料室的，大家可以自由阅览。不过要求学生在进入资料室的时候,要先在记录簿上留下学年、班级、姓名。就在前天,直子曾经进过资料室。"

"也就是说,直子和您一样,也去查找了洼田由利枝这名毕业生的住址了吗?"

"要断定这一点,只靠记录上的一个名字,实在是缺乏依据。她也可能只是单纯查了查什么别的。不过,那本毕业相册里,夹着一个令我有些在意的东西。"

"那究竟是……"

"是书签。薄薄的纸张之间夹着一枚剪纸书签,看上去非常精致。那枚书签正好摆在洼田同学的照片上。我觉得这并非偶然。其实,我以前也见过类似的书签。"

"是直子夹了那枚书签?"

虽然我没有亲眼见过,但是一两枚书签而已,就算直子有这东西,也没什么奇怪的吧。

可是,小幡老师却当即否定了我的说法。

"不,书签的主人,是安藤同学。"

10

"乘客请注意,在车厢内使用手机,将会影响其他乘客乘车,请您酌情……"

我心不在焉地听着车内广播,呆愣在一边思考着。

安藤麻衣子去毕业相册里寻找洼田由利枝的住处,其理由其实非常清楚。因为她想要给这位并不认识的女性写信,但实际上她的信却未能送到由利枝手中。至少……在安藤麻衣子还活着的时候,并未送到。

就按麻衣子的母亲所说的那样，假设从邮箱中抽出麻衣子那封信的人，和过路魔是同一人，那凶手又为什么要尾随麻衣子？接着，他又为何会在最近给洼田由利枝寄去威胁信呢？而且，还冒用了麻衣子的名字。

其中是否存在凶手自己的理由，还是说，这人单纯就是个脑子有问题的家伙，所以他的所作所为，都只是一堆支离破碎、毫无逻辑的行为？

安藤麻衣子，洼田由利枝，还有凶手……若要在这三人组成的歪斜三角形之中再加一人，那必然是直子了。

安藤麻衣子为什么要在相册里夹一枚书签呢？这自然是为了要给之后再来翻找的人看的。这做法意味着"这条路我已经走了"，相当于是做了个记号。

小幡老师说，洼田由利枝和安藤麻衣子似乎有些相像。当然，这说法既是从她们各自的成绩和生活态度等综合角度出发，也同时包含了一点重要因素——由利枝的美貌，不是吗？

"这孩子长得特别漂亮。"

小幡老师用了这种措辞。同样的形容，也可以直接安到安藤麻衣子身上。

拥有超乎一般人的端正容颜，其实有时，同时也很意外地，会给人一种没什么个性的印象。同样是用"漂亮"来概括，根本听不出个所以然来。

之所以问小幡老师洼田由利枝是什么发型，其实只是我突然想到的一点。但看样子，还真是猜中了。

留着长直发的漂亮女性。

这就是可以用来概括安藤麻衣子和洼田由利枝的、些微的共同点。

凶手或许就是在最近才刚刚意识到这一点的吧，比如，上个月，也就是六月份的时候。所以他才等到现在才想起写那封信。这理由听上去虽有些薄弱，但目前也还找不到其他动机。

说起来，其实是安藤麻衣子本人，而非凶手，亲手选择了漥田由利枝。凶手之所以认识了由利枝，纯属偶然。

可是，神野老师却说，由利枝此时正身处危机之中。

倘若神野老师的想法是对的，凶手恐怕已准备将漥田由利枝定为下一个牺牲者了。而倘若我的想法正确，那么他的理由就是，由利枝很像安藤麻衣子。仅此而已。

当然，我也想过这推断或许是很荒唐的。可是这世上虽然大部分人都能区分郁金香和蒲公英，但认不出蔷薇和芍药的榆木疙瘩也是相当多的。虽然很不好意思承认，但我就是这种榆木疙瘩。

如果直子也看到了毕业相册上的照片，她会认可我的这番突发奇想吗？

话又说回来，直子这孩子，究竟跑哪儿去了啊！

想到这儿，我突然后知后觉地心下一惊。

安藤麻衣子特意在毕业相册里夹了一枚自己的书签，这是为了展示给之后会来翻看的某人。

那么，这个某人……该不会就是直子吧？这两个人有着不可思议的友谊。也正因如此，麻衣子被杀时，直子的反应才会那么激烈。

直子恐怕已经准确理解到，那枚书签指示的就是漥田由利枝这名毕业生了。

而且，麻衣子还有可能留下过一些提示性的话语。不过，她也可能单是看到毕业照片，就突然想到了些什么。

但是，就算直子要完全复刻安藤麻衣子生前的行为，应该也不会给洼田由利枝写信吧？而且，她也不可能突然给人家打电话就是了。

我好歹也做了十七年直子的父亲了，对那孩子的性格还是比较了解的。她平时做事一向慎重，但又意外地在某些点上莽撞大胆。所以，直子一定是直接跑去洼田由利枝的家里了。

可是，洼田由利枝本人现在应该还在公司上班。在一个工作日的大白天突然跑去她家，想偶遇她的可能性无限接近于零。

我在公园附近以及车站前的电话亭里给洼田家打过电话，不巧都没人接。

小幡老师说，直子是在前天进入学校资料室的。她每天都认真去上暑假补课班，而且也会守时回家。唯独今天早上，她为了去什么别的地方，对我说了谎。倘若，直子今天要瞒着我去哪儿，那我猜她一定是要去洼田由利枝家。

可是——

当注意到这可怕的事实时，我整个呆住了。要去见洼田由利枝的，不止直子一人。

还有神野老师，说不定还要再加上……凶手。

倘若直子突然和凶手打了个照面，会发生什么？如果是神野老师偶遇凶手，又会怎样？

这场邂逅究竟会导向什么结局，我简直不敢去想。

一番深思熟虑之后，我认为眼下事态已经不是我独自能搞定的了。我总觉得，在自己束手无策的这段时间里，或许已经发生了某些难以挽回的事。

然而，眼下我又能做些什么呢？跑去找警察？可这整个事件太过模糊了，都不知该从何说起。

——嗯嗯,就是说,那个名叫洼田由利枝的女性,可能已经被杀害安藤麻衣子的凶手盯上了。欸?您问我为啥这么想?因为她们两个很像呀。客不客观不好讲,但至少凶手心里估计认定了她俩是同一型的……哦,对了对了,还有个写信的事儿呢。一个月以前,那位洼田女士收到一封性质恶劣的挖苦信呢!啊?哦,当然,也有可能完全是陌生人的恶作剧哈……嗯,是哦,确实没有证据证明是凶手写的……

我使劲地摇了摇头。

其实我根本没必要特意在脑内预演一番的。这种毫无根据的线索,警察怎么可能迅速行动起来呢?很遗憾,我自己心里也没底了。

那么,该怎么办呢?

我伸出拳头,按着因思虑过度搞得一阵阵疼痛的太阳穴。电车已经逐渐驶入站台。眼看门都要关上了,我才慌忙冲出车厢。这里是离洼田由利枝家最近的一站了。

走出闸机,迈下台阶,右手边有一家咖啡馆。入口旁就有一台绿色的插卡式公用电话。我仿佛无意识间被吸引着,伸手拿起听筒,拨通了洼田家的电话。老样子,还是没人。我又插了一遍电话卡,接着,按下了小宫的手机号。

"是我。真抱歉,一直给你打电话。"

我对电话那头道歉。

"你现在在哪儿呢?"

紧急时刻,要问哪个朋友能帮上忙,脑海中第一个浮现出来的还是小宫。

"是你啊,你可算和我联系了。"

小宫的语气就好像在责备我很多年都不联系他了一样。

"你问我现在在哪儿？告诉你吧，我就在你眼前啊。"

怎么可能？我难以置信地抬起头，却发现就在眼前，小宫正隔着咖啡馆的窗户，对我做着鬼脸。

11

"你……你为什么在这儿？怎么连直子也在？"

我无视跑上前来招呼的服务员，一屁股坐在一脸难为情的直子身边。

"你们俩……究竟在干什么啊？"

而且都不带上我……

这一句话，我费了好大的劲才憋回去。而且之前我还误以为小宫在做什么不好的事呢，想到这儿，我更觉得不自在了。

"对不起，我本来没想骗爸爸的。小幡老师生气了吗？"直子迟疑着问道。

"没事，小幡老师那边，我已经帮你圆过去了。不过话说回来，你今天来这儿，是为了安藤同学，对吗？"

直子认真点点头。

"那你为什么都不和我说一声啊。"

甚至还拜托小宫那种人……

我本来想说这句话，但还是忍了回去。

直子用略有些别扭的眼神看着我，随后开口道："可是，父亲有能为麻衣做的事啊。"

她的视线直直盯着我手中的活页本——其中夹着的正是我为《玻璃长颈鹿》所绘制的插画。

"可是我却什么都做不了……除了，找出杀害她的凶手……"

小孩子家说什么傻话——这句话我说不出口。当然,身为她的监护人,我或许本该这样说的,还应该告诉她:那么危险的行动还是交给警察吧,你专心学习就好。

可是,我却实在说不出口。因为我知道直子心里始终放不下麻衣子。我知道这两位少女之间,有着相同的心痛。

"是吗……"我如此低喃道。

见时机合适,小宫总算开口道:"我之所以会在这儿,也只是起个陪同作用啦,或者说,就是个见证人。"

"见证人?"

"没错,小直要在这儿见一个人。虽然已经约好,但她又有些害怕单独见这人。"

"见一个人,男人吗?"

这是我突然想到的。因为如果对方是湮田由利枝,又或者……虽然几乎是不可能——是神野老师的话,那直子是不需要特意请小宫陪同的。

"那个人呀,是个侦探。"

"侦探?"

"是麻衣的相识,此前曾给我看过他的名片。"

"你是说,高中生还雇了侦探?"

直子摇摇头。

"不能这么说,他们应该只是有私交吧。那个人本来是跑去跟麻衣搭讪的,一般这种情况,麻衣都会无视,但是这个人她觉得还有点意思……"

"搭讪……哦。"

我略感震惊,同时回忆起麻衣子写给由利枝的那封信里的内容。由利枝误以为当初是自己害死了那名少年,而麻衣子则多方调查了这件事……

原来如此,是这样啊。

就是说,麻衣子是委托了自己这位工作有些特别的男朋友,请他在工作之余帮自己调查了,是吧。

"倘若能和这个人谈谈,或许可以得到一些有关凶手的提示。"

"可是,直子,你也要小心,不能期待过度啊。如果就像警察说的那样,那起事故完全就只是过路魔的偶然行为……"

"不会的,麻衣认识那个凶手。因为我听到了,我听到麻衣给凶手打电话了。"

"你,你说什么?"

"喂,是杀人犯吗——某次放学,我曾经听她对谁这样讲过。对方的名字她也提到了,但是我没听清。"

"你说的这是……什么时候的事啊,小直?"

看样子,小宫也是第一次听说这件事,他动作夸张地探出身子。

"我记不太清了,应该是冬天。"

"这件事,为什么不告诉警察呢?"

我下意识地用责备的口吻质问道。直子讲的这件事如果和事件有关,那就意味着,安藤麻衣子曾主动去挑衅过凶手。

于是,直子像个小孩子一样低下头。

"我忘记了……我自己都不知道,这么重要的事我为什么就忘了。可是,最近我又梦到了这些,于是才想起来……"

按直子的说法,她当时以为那又是麻衣子的高超游戏。一脸严肃地说出带刺的玩笑话,或是用调侃的模样倾吐真心话——麻衣子就是这样一位少女。

一聊到麻衣子,直子便显得能言善辩起来。

"我们俩经常聊各种事,比如那些已经从地球上灭绝的生物啊一类的,经常用调侃的语气讲一些很认真的话。"

"你们聊过恐龙吗?"

我突然问了这么一句,直子有些诧异地点点头。

"反正都要灭绝,那又为什么要被生下来呢?我们经常聊到这个。"

说不定,那件事安藤麻衣子是从神野老师那儿听来的,就是那个只活了十天就死掉的婴儿的故事。

自地球诞生起,至人类高度活跃的现代社会,这期间有无数生物诞生,随后灭绝。有的生物无法适应环境变化,有的生物在生存竞争之中败北,还有的存在物种的局限。

进化需要反复的摸索尝试。

反正都要灭绝,那又为什么要被生下来……

这句话,究竟被反复思忖过多少次?已经离开人世的少女这一句低吟,真可以说是既心酸又沉重。

如果一个人认为活着是没有意义的,是失败的,那他还能继续活下去吗?

"你们还聊过什么其他话题吗?"

我略有犹豫地问直子,我还想再听她多聊聊。

"其他……就是聊神野老师吧。"

我略有些吃惊,不过这种情绪貌似只有小宫捕捉到了。我故意装出无所谓的样子,催促她继续说下去。

"欸?神野老师的事吗?你们两个人是不是都很喜欢她啊。都聊她什么了呢?"

"虽然喜欢,但也说过坏话呢——不是我,是麻衣说的。她说神野老师是个魔女。"

"魔女？"

我吓了一跳，下意识看了一眼膝头摆着的活页本，其中夹着的那部安藤麻衣子的作品中，的确有魔女登场。

"当然，她是开玩笑讲的。"

似乎是误会了我的反应，直子慌忙辩解。

"你看，那个老师她不是好像会解读别人内心一样嘛，所以才这么形容……"

"哦哦，是这个意思哦。"

我心不在焉地在嘴上应和，脑子却在疯狂转动。

如果"魔女"是某个特定人物——指"神野老师"的话，那么"纳摩盖吐龙"又要怎么解释呢？就像"玻璃长颈鹿"毋庸置疑指的就是麻衣子本人，"纳摩盖吐龙"应该也是指麻衣子吧？

一开始阅读这部作品时，我的确是这么想的。可要是神野老师对麻衣子下了诅咒的话……

我实在是无法释怀。

就安藤麻衣子被杀事件，警方倾向于认定这是过路魔犯下的罪行。这判断自然不是没有依据的。理由有好几点，其中最有力的一点，就是在被害者周边，并没有再发生过类似的罪行。这是无可否认的事实。

然而，倘若被杀的是神野老师呢，结果还会一样吗？

我突然注意到，自己的思路已经飞到了意想之外，不由得打了个哆嗦。那位神野老师，会被什么人怨恨，甚至恨到想要杀死她吗？怎么可能！

"爸爸，你怎么了呀？"

直子瞧了瞧我的脸，笑了。她的笑脸好像妙子，好像她已经去世的母亲。我不由得心下一惊。

直子那天真的笑脸上，还叠着另一层表情。那是我曾在照片上看到过的安藤麻衣子的微笑。那笑容不知何处令人感到不安，感到失衡……此外，还有一层属于神野老师的微笑，那微笑轻轻浮现，又如露水消散。

那是寂寞又哀愁的笑脸。

自那次极度不幸的惨剧发生后，神野老师她，还露出过发自内心的笑容吗？

一瞬，某种冰冷彻骨的感触，突然窜过脖颈。

很难想象有谁会憎恨神野老师。可若说是神野老师憎恨的人，应该有一个吧。

说不定，是神野老师恨到想要杀死他的人。

就像这样……光打到镜子上会反射，憎恶之情打到人身上，也会反弹。

而那黑色的飞沫，正巧泼溅到安藤麻衣子身上的话，会怎样呢？

"啊。"

直子突然抬高声音。

"好像到了，就是那个人。"

玻璃大门被推开，一个满身白领气质的男青年走了进来。他规整地穿着薄款的灰色西装，发型也极为规矩。这外貌，和"侦探"那种看上去十分可疑的职业给人带去的印象简直完全相反。话又说回来，看他的样子，也和"搭讪"这个词完全联想不到一起去。短暂的一瞬，我们几个都在死死端详着对方。

直子抬起一只手示意。那青年看到她身边还坐着两个中年监护人，露出有些诧异的神色，但仍旧立即向我们这边走了过来。

"我来晚了,实在抱歉,工作方面多有拖延……"青年十分礼貌地说道。

看他的气质,让他坐在银行的办事窗口里也毫不违和。

12

"凶手"的手机响了。

"凶手"从口袋中掏出手机,按下接听键。这一连串动作如此流畅,连他自己都觉得怪异。

(我啊,都这种时候了竟然还能好好接电话呢。)

他对一旁的女性无声地咧嘴笑了笑,对着电话回应道:"喂?"

电话那头的人没有报上自己的姓名,而是先确认了"凶手"的名字。

"是我没错,你是谁啊?"

电话那头的声音听上去是一个陌生的男人。这男人还是无视了"凶手"的疑惑,继续问着什么。

"你问神野老师在不在?什么老师不老师的我不知道,不过我这儿是有个女人姓神野。"

听到这句回答,那男人又说了些什么,这次说了很长时间。

"是吗?那还真是多谢您的体贴。你问我们现在在哪儿对吗?"

"凶手"抬起头,再度对着身旁的女人露出笑容。这次的笑容则更接近半哭半笑。

很快,"凶手"便将自己此刻所在的地点告诉了对方。他表现得仿佛饲养许久的宠物一般温顺。随后，他收起手机，在一旁的长椅上坐了下来。椅子上的油漆已经剥离，腐朽了大半。"凶手"身穿白色西装裤，实在是不想坐在这东西上。不过，事到如今也都无所谓了吧。他感觉浑身的力气被抽走，乏力极了。

——知了还在大声聒噪，那声音仍旧令人感到厌恶。要不是这种东西只能活七天，他早就把它们一只只捉住，再扔到地上踩碎……这公园还是老样子，既潮湿又阴沉。所以肯定会有痴汉一类冒出来的……偶尔还会冒出个杀人凶手什么的。喊，怎么一个小孩都没有啊——

"凶手"正想着，一个娇小的身影投到了他的眼前。

"哦哦，你啊，怎么还在？"阳光太刺眼了，"凶手"伸手挡着脸，如此说道，"你是神野老师对吧？你快回去吧，警察这就来了……"

"凶手"一边说着，一边吃惊地望着对方。

"干吗哭啊……可是你赢了哎。那个叫野间的家伙，还让我跟你问声好呢。"

13

到了约好的那家咖啡馆时，我发现小幡老师已经来了。她看到我，快速起身，轻轻点了点头。

"真抱歉，喊您过来一趟。"小幡老师说，"虽然电话里也听了一部分内容，但实在是不太好理解……"

"不不，是我不应该偷懒选择打电话解释啦。"

我掏出手帕擦了擦汗，坐在了小幡老师对面。不知为何，只要面对她坐着，就会有种开家长会的紧张感。不过，眼前的小幡老师和在学校时那种保守又知性的打扮气质完全不同。

或许是因为她身穿一件印有黄色花朵图案的漂亮连衣裙，也或者是因为，她换了一种清凉的盘发发型。

"该不会……您觉得我和平时打扮得不一样，所以有点吃惊？"小幡老师略带点恶作剧性质地微笑道，"其实，这之后我和别人有约。别看我平时那个样子，约会的时候还是会这样打扮的哦。"

那还真挺好的——我大概是回了这么一句。我这嘴，还真是一如既往地笨拙。

点好的饮品端上来，差不多该进入正题了。

"之后我也看了相关报道，但是我这边能掌握的信息也就只有凶手被捕这一点了。"

"报纸就只会写明一个结果而已啊。"

"关于作案动机，凶手至今都没开口，是吧？"

"他说，自己只是偶尔随身带着刀子走在路上，偶然遇到适合下手的女孩子路过，于是就杀了她……大概是这么讲的。"

小幡老师叹了口气。

"凶手才二十三岁是吧。这一代年轻人荒唐的暴力行为在近些年似乎十分多见啊。最近我常思索，究竟为什么会这样呢？我实在理解不了，也不想理解。但是，这又绝不是一个只要扭头就能忽视掉的问题。"

"有观点认为是因为这一代人的生存状态恶劣，还有现代的社会构造不合理，说实话我不太懂。不过，关于此次事件，我自己也想了很多，只是不知道能不能解释清楚了……"

自那一天以来，我的大脑就仿佛一台坏掉的唱片机。同样的一段景象无数次地浮现在眼前，随后又消失掉。

那景象并非我亲眼所见，只是听某个人说过。那是五年前发生的一件事。

"起因……是一场交通事故。"

一辆小汽车正在路口等红灯，里面坐着一对幸福的情侣。他们的目的地是海边，不过去山里其实也可以。对于他们两个人来说，在一起要比目的地更重要。

信号灯转为绿色，男人踩下油门，车子缓缓开出去。正在此时，难以置信的一幕发生了。

对面一辆车子越过中心线，飞速从正面撞了过来。

没错，事故就发生在一瞬间——

男人当场死亡。恐怕当时换了谁都能一眼看出，他的生命已经无法挽救了，更何况"她"是有护士执照的。"她"一定当场明白，自己的恋人不会再醒过来了。

"她"的大脑一片空白。此时，"加害者"跟跟跄跄地出现在"她"眼前。这个人一看就是未成年，而且醉眼惺忪。和自己的恋人不同，他甚至毫发无伤。

不过，"加害者"还是意识到出了大事的，他脸色变得苍白。毋庸置疑，"她"的眼中，已汇集了此生最大的憎恶。

然后，"她"喊叫了起来。"她"大大的眼睛盈满泪水，尖叫道："杀人犯！"

一切仿佛就发生在我眼前。因事故而变得混乱的后续车辆，汽车喇叭声，聚集过来看热闹的车辆，还有终于冲过来的急救车和警车……一切的一切，就仿佛我的一个噩梦，浮现在脑海之中。

"她"，神野老师至今，或许仍深陷这场噩梦之中吧。当时因为那场事故而受伤的右脚，从医学角度看应该早已痊愈了，可至今仍旧无法随意活动。

"因为我的内心还被那场事故拉扯着吧。这一点，我自己心里也很清楚。"

神野老师曾这样说过。

自己心里也很清楚。可是，却又不知该如何是好。

"我真的不知道。"小幡老师痛心地蹙着眉道，"关于神野老师腿伤的原因，我从来没和她打听过。倘若我问问……她一定会告诉我的。"

我点了点头。小幡老师本是出于成年人的分寸才没有问，可是……

"安藤麻衣子应该是直接问了神野老师吧。"

直球进攻，非常符合那个少女的风格。

——喂喂，老师你的脚为什么变成那样的呀？受伤了，生病了，还是？

好奇心是何等的残酷。可麻衣子甚至特意去拜托了自己做侦探的男友调查此事。就和想要查清围绕着湮田由利枝的一系列事件时的做法一样。

她了解了五年前的那场事故。

也知道了加害者是谁。

最终，和夺取一个人的性命相比，加害者所受的惩罚实在是太轻了。因为他还未成年，再加上父亲是个名人，于是获得了诸多条件的庇护。而在那场事故中，他驾驶的那辆车是左舵，并且非常坚固，于是得以挽救他的性命。

可是，名人父亲和高级外国车，都无法拯救他的灵魂。

五年前的事故现场，神野老师对着加害者喊出的那个词，完全就是一句诅咒。就在那一瞬间，加害者——那个无知、愚蠢且不谙世事的少年就受到了诅咒。或许在那之前，少年还打从心底里认为自己的前途一片大好，未来尽是些开心有趣的事在等着自己呢。年轻人就是那样啊。他们有时候就是难以置信地乐天，闻所未闻地旁若无人……

然而，神野老师喊出的那句话，却将一切颠覆了。少年自那一瞬起，就只能胸前贴着一枚"杀人犯"的标签，走完人生剩下的路了。

可以想象，这一事故给他的人格带去了怎样的影响。他当然明白，那些愉快的、有趣的未来全都被夺走了，只剩一颗荒芜的心。

——说我是杀人犯？开什么玩笑，那明明是场事故。是出于无奈。是偷偷把老爸的车开出来的兴奋，加上醉酒，再加学校里的各种烦心事……他们运气太差了，才不是我的错……

他开始不断找借口，自我正当化，责任转嫁……最终，他的心便迷失在了没有出口的死胡同里。

——说我是杀人犯？开什么玩笑！我让你看看，什么是真正的杀人犯！

以上这些，都只不过是我擅自想象出来的。可是，我已经在这个世界上活了四十多年了，一个人心中有时会生出何种混沌，我可是再清楚不过的。

然而，年仅十七岁的少女安藤麻衣子，又该如何去理解加害者的那种内心活动呢？

的确，这个女孩惊人地早熟，也十分聪慧。话虽如此，这些也无法成为理解这一切的理由吧。

"蔑视，哀怜，甚至可能是同情？再不然，就是同感？我想，麻衣子说不定会对凶手产生共情的吧。"

"又或者，包含您说的所有……"

小幡老师似乎同意我的观点，随之补充了这么一句。

她说得没错。

存在于麻衣子内心的，自然不是一一贴好标签，认真分类的情感，而是极端混沌的情感。她的心本就常年处于狂乱的暴风骤雨之中。

"麻衣子同学究竟为什么对那个加害者……给凶手致电挑衅，并且想要实际接触他呢？最终我们仍旧不知道原因啊。不过，讲讲推测出来的可能性，不知是否合适？"

"是推测也好，请您讲吧。"

我稍稍迟疑片刻，开口道："那个年纪的女生如果说要坦白些什么秘密，内容小幡老师应该心里有数吧？"

"是恋爱方面的？"

我点了点头。

"麻衣子好像坦白说自己有了喜欢的人。这是我从我家直子那儿听来的。因为她先是把那个侦探的名片拿给直子看了，才坦白了这些。所以直子就以为她说的那个喜欢的人，肯定指的是侦探……"

活到这么大，我第一次见到了"侦探"，可是眼前这个人实在是太平凡了。他完美地背离了我关于侦探的所有认知和预想。这个人是个非常有常识，非常认真的年轻人。

当时，我们和那个来晚了一些的"侦探"展开了一场奇妙的对话。一开始，直子始终是一脸心不在焉地听着我和小宫你一言我一语地询问对方一些问题，然后侦探再一一作答。可很快，她突然开始说起一些奇奇怪怪的话。

"不对，不是你。不是你……麻衣她，她说她有喜欢的人了,我以为,以为她说的是你。可是不对,不是你。"

我们两个中年男人十分吃惊,但那位"侦探"的反应却很冷静。

"麻衣子之所以愿意和我交往,就是因为我是个侦探呀。可以说,我正好拥有她想要了解的东西。仅此而已。这一点我其实非常清楚。"

他的语气十分平淡,可是眼神却饱含波澜壮阔的内容。他的眼神仿佛是想告诉我们:可即便如此,我仍旧深深地爱着她。

这一点,在场的所有人都明确地感受到了。所以我们谁都没有问出口——

那麻衣子她喜欢的那个人,究竟是谁?

没想到竟然是小幡老师问出了这句话。紧接着,她便红了脸。

"抱歉,我问的这个问题,和案件并无关系对吧……"

她似乎觉得自己身为教师还会对这些八卦感到好奇,是件十分令人羞耻的事。我十分欣赏她正派且健全的内心。不过听她这样说完后,我慢慢摇了摇头。

"事实上,是有关系的。或者说,最重要的一点就在这里。"

安藤麻衣子高傲且任性。而且,她对别人示好的方式,也相当拐弯抹角。

有时,她就仿佛将肉骨头扔给小狗一样,十分随意地将自己的秘密和心里话讲出口——她常对直子这样做。有时,她会毫无因由地纠缠、逞强、再撒娇——她常对神野老师这样做。而有时,她宛如圣母一般,以慈爱之心爱护着对方——她对洼田由利枝,正是如此。

那么,麻衣子的好意,究竟会面向什么类型的人呢?

关于这件事，自从那天，那个凶手终于被逮捕起，我其实思考了很久。

神野老师的确和凶手在一起。当时的场面，我大概永远都无法忘记。

神野老师在哭泣，她那双大大的眼睛盈满泪水，悲痛地大声喊着："杀人犯！杀人犯！杀人犯！你为什么没有杀了我呢？"

我们冲到现场时，高个子的年轻"凶手"看上去似乎正苦于应对一个身材娇小的女性。可实际真的如此吗？看到首先跑过来的我，"凶手"用一种奇特的亲昵口吻说："哟，给我打电话的那个人是你对吧？"

我点了点头，于是"凶手"呵呵笑道："这个人，你想想办法好吧？我说了好多次是你赢了，可她就是不肯离开啊。"

很快，随后赶来的小宫便用手机拨打了一一〇。

至今，"凶手"仍旧没有解释过自己杀死安藤麻衣子的具体动机，只说"没什么特别的意义""没多想就下手了"……亏得当时我们还急急忙忙命令直子将神野老师带离现场……结果凶手这种态度，反倒弄得我们心情复杂，不知道是否应该松松这口气。

至于那位"侦探"，我们在当时约见的咖啡馆分开后就再未见过了。他的调查报告书写得非常完美，要不是他连"凶手"的联系方式都搜查到了，我们还不知道如今会是什么情况呢。离开时，"侦探"仍旧和刚见面时一样十分礼貌地告辞，临走前只留下一个愿望，就是希望我们务必抓住杀害麻衣子的凶手。

总而言之，在和警察说明具体情况时，我们有意省略了神野老师和"侦探"的存在，所以说明的内容十分简单。

嗯嗯，对啊。就是和同事在路上走的时候，偶然看到一个长得和凶手肖像特别像的男人。以防万一,我就问了问他本人,没想到啊,他特别爽快地就承认了自己的罪行。于是我们就慌里慌张地报警了……嗯嗯,您说得没错,如今再想想,当初我们这做法确实莽撞了。但估计凶手自己也实在是忍耐不住罪行的压力了,所以正想着什么时候去自首呢吧。

我们在警察面前拙劣地表演着,不过多亏和小宫十分合拍,所以我们合起伙来的这一通表演看样子奏效了。警察似乎并未对我们的说辞感到怀疑。于是,这仿佛过山车般的一天,就这样结束了。

最终,神野老师还是没有多说什么。

她用洼田由利枝做诱饵,将我们支开,自己则跑去联系了凶手。当然,她应该在很早的时候就已经对凶手的真面目心中有数了。恐怕,在看到直子协助画出来的凶手肖像的那一刻起,就已经知道了。

关于"凶手"和安藤麻衣子之间的关系,神野老师又知道多少呢?我不清楚。但她那样一个人,应该立刻就能抓住事实真相吧。而且,她还读到了纳摩盖吐龙的故事……

不过,她或许想都没想过,麻衣子可能会对"凶手"产生某些感情吧?

"不会吧!"

小幡老师脱口而出一声惊叫,又被自己的声音吓了一跳,急忙捂住了嘴。看来,在我这么长时间的沉默里,她一直都在按照自己的思路推导。

"该不会,安藤同学喜欢的那个人……就是凶手?"

她的结论,正和我相同。

神野老师、直子、洼田由利枝。安藤麻衣子投以好意的所有人,都有共同点。

那共同点不是别的,正是和麻衣子本人相同的、近乎危险的不稳定性。

麻衣子看透了人的本质,并且拥有着独特的嗅觉。她的存在会吸引和自己一样失衡的灵魂,就仿佛路灯会吸引夜蛾聚集过去一般。最终,麻衣子用属于她自己的独特方法,开始尝试拯救这些灵魂。

针对憧憬和崇拜自己的直子,她努力让对方相信,她们两人是特别的朋友。针对洼田由利枝,她选择写了一封信。到了神野老师这儿,情况就比较棘手一些了。麻衣子毫不留情地探索神野老师曾受的创伤,调查她的过去……于是,她和一个人相遇了。

那是一个充斥着阴暗混沌的、极度不稳的灵魂。

"最终,麻衣子想到了一次拯救两个人的方法……并且做到了。"

《最终的纳摩盖吐龙》这个故事,在讲到纳摩盖吐龙周围的朋友一个个消失,她真的成了孤独一龙的时候结束了。那一瞬间,同时也是她不幸死去的瞬间。

诅咒的言语在说出口的瞬间,会将诅咒者和被诅咒者两个人同时束缚住。既然如此,那干脆让这诅咒成真好了,这样一来,被束缚住的两个人就都能获得自由了……

"可是……想要拯救谁,为什么非做到这种地步不可呢?我这么说或许有些不谨慎,但我觉得那个女孩并不是一个对他人满怀慈爱的人啊。"

小幡老师的想法率直且合理,的确如她所说。如今这个时代早就不流行什么自我牺牲了,而且安藤麻衣子的性格也和克己奉公这种词不搭。

所以我想，她这样做，其实是为了她自己。

"之所以这样做，是因为她自身想要被拯救吧。"

通过拯救那些和自己相似的人——那些自己的分身，麻衣子自己也在一点一点地获得救赎。这样的想法，是否太钻牛角尖了？

因为想要被拯救，于是舍弃生命。因为喜欢，所以做了杀人凶手。

的确很矛盾啊，可是，正是这种矛盾、混沌、不稳定，才构成了这个名叫麻衣子的少女，不是吗？

她只在我们这个世界逗留了十七年，随后便消失了。是宛如一个奇迹般的少女。站在麻衣子的立场上将世界反转过来看，那么消失掉的一方，或许是我们才对。

小幡老师叹了长长的一口气。随后，她仿佛突然想起什么来，问道："那之后，您见过神野老师吗？"

"哎呀，怎么会……您为什么这么问啦？"

"真不知道您怎么会没见过她。"小幡老师露出一个有些恶作剧的表情，"因为，我觉得您二位非常合适哦。我这个人的直觉意外地准。不过关于我自己的事倒是完全不灵。"

说罢，她抬腕看了看表，有些慌张地站起身。

"您的约会是不是要迟到了？"我努力藏好自己内心的动摇问道。

对方轻轻耸了耸肩。

"是呢……人家说不定等得很焦躁了……"

"真抱歉，花费的时间比预想得长了不少……没关系的吧？"

"哎呀，是我喊您过来的嘛，再说了……"

说到这儿,小幡老师停顿片刻后,又微微笑了起来。

"如果这样就不欢而散的话,那就意味着我们的关系也不过尔尔,不是吗?"

终　章

　　自那之后又过了两季，距安藤麻衣子去世，已经过去差不多一年了。

　　直子顺利考上了志愿校，而且学校还是能从自家往返上下学的距离，这令我暗暗松了口气。眼下她的苦恼也很平凡，就是犹豫要不要进戏剧部。之前的大学祭上，直子偶然看到戏剧部的表演，觉得非常有趣，于是动了心思。看来她早就把我一年前瞎开的玩笑忘得一干二净了。

　　小宫的独生子也顺利考上了志愿高中，这阵子全家都高兴极了。而且听说他女朋友和他考到了同一个高中呢，真是喜上加喜。

　　我呢，还是老样子，生活没什么起色。这几年关于我个人最大的新闻，大概就属这阵子成功戒烟了吧。

　　不对，还有件大事。这个冬天，我出版了一部绘本，是和一位已经去世的少女合著的，出版社当然是小宫他们家。因为评价很好，所以大家都劝我开个个展。和同行之间的那种内部绘本画展我开过几次，但正式意义上的个展还是头一回开。最近我一直在为准备画展忙得脚不沾地。到了展览最终日，也就是今天，客流量还是很不错的。我和小宫互相欣慰拍肩。就不久前，小宫才刚刚回去。

展览期间有好多朋友来访。小宫家更是全员出动，感觉整个会场瞬间便被炒热了起来。静香每看一张画，就要超级夸张（但或许是发自真心）地表达感动，闹得我脸通红。高志竟然还带着女朋友一块儿来了。那女孩儿看上去很聪慧，也很可爱。

直子也带着学校的朋友一起来看展，于是我多嘴唠叨了一句："喂，你也带个男朋友一起看展嘛，怎么能输给中学生呢！"直子听完立即噘嘴生起气来。

令我没想到的是，小幡老师也来了。她十分愉快地在会场走了一圈，离开前小声告诉我："我呀，这次去相亲了呢。这件事请别告诉您女儿哦。"

随后她便一阵风似的走了。那和之前的约会对象怎么样了呢？我到底也没能来得及问出口。

"我们的关系也不过尔尔啦。"

她或许会这样回答吧。

办展的场地是租借的一处画廊，画廊的负责人十分贴心地表示整理工作明天完成就好。此刻，画廊外的天色已经暗下来了。从刚才开始我就想着该回去了，可是却还下意识地在磨磨蹭蹭，简直像得了厌恶回家症的白领一样。

忽然，我感觉好像有什么人从入口处横穿了过去。因为和外部的温度差，展馆的窗玻璃已经笼上了一层雾气，只能看到一个模糊的轮廓。可我看着外面似乎一直是同一个人在走来走去。

这个人似乎在犹豫要不要进来。

我急忙跑到入口处，猛地打开门。首先映入眼帘的是一个身穿醒目的蓝色外套的背影。那背影向前走了几步，随后猛地止住,然后慢慢地转过身。那一瞬间,她披散的长发微微飘动起来。

"神野老师。"

听到我这样喊,对方不知为何露出有些困惑的表情,随后,她用一种朗读笔记上的记录一般生硬的语气说:"我收到了邀请函……但一直很迟疑……"

"您能来看展,真是太好了。能请您进来看看这些画吗?"

我将神野老师请进温暖的室内,她还将外套脱了下来,挂在臂弯中。

接下来,她没有说话,只是默默地、认认真真地一张张观赏眼前的插画。玻璃森林里的玻璃长颈鹿,被玻璃做的蛇引诱的长颈鹿,在玻璃草原上飞奔的长颈鹿……

走到一幅画着一头孤独的长颈龙的画作前时,神野老师再度开口:"这是《最后的纳摩盖吐龙》对吧?"

我无声地点点头。

"在安藤同学遭遇那起事件之前,我就一直在思考一个问题。生活在这个越来越扭曲的世界上,孩子们也一定会变得越来越扭曲的。这些小孩长大后,或者还尚年轻时,就有可能引发一些恐怖的事件,对吧?可这时候他们又需要负多少责任呢?真正需要被谴责的人应该不是他们才对吧?我一直都是这样想的。"

"可是,安藤同学却不是这样想的。"

"是啊。"

神野老师点了点头。

"读了那部童话后,我彻底明白了这一点。"

就算一个人的毁灭,是与他相关的多个人的错误累积而成的结果,他也依然要负起责任来。整个世界从很久之前就已经无可挽回地扭曲了。不论是荒唐的死,还是荒谬的生,都只能心甘情愿地去接受。

因为,他们正是最终的纳摩盖吐龙啊。

"可即便如此……"神野老师继续说道,她的脸颊滑过一行泪,"即便如此,我还是不明白,为什么死的是那个孩子。明明想死的是我,想杀掉那个人的,也是我啊。"

"忘了是什么时候,我这么和您说过——"我望着流泪的她,这样说道,"想死,其实也就意味着想活呀。麻衣子出事之后,您没有立即去联系凶手,应该也是这个原因,对吗?"

因为她内心的一隅,正不停地如此高呼:我不想被杀,我不想死……

"或许吧。可是我……我不知道该怎么办才好……"

神野老师抬起了头。

"请您告诉我,决定要用尽一生彼此相爱的人死掉了,我究竟该怎么办呢?"

我鼓起了勇气,正视着她回答道:"即便如此,人仍旧能活下去,而且也可能会再遇到一个喜欢的人。比如我,我的妻子已经去世了,但是我也还努力活着。"

"那是因为野间先生有直子,可我却什么都没有……我,就像个空瓶子一样。"

神野老师的语气很像一个在闹脾气的小孩子。她看上去既幼稚,又脆弱。

"那说明以后可以放进去很多东西喽。"

我轻轻拉住神野老师的手腕,将她引进里侧的展区。那儿摆着一系列名叫《少女》的作品。

看到画时，我明显感觉神野老师的手腕放松了下来。

正如题名，眼前画着好几名少女。她们年龄、模样、服装各不相同，但却有一个共同之处，就是她们的表情。

大家都在笑着。天真地，幸福地，从心底里绽放出笑容。

"您刚才问，究竟该怎么办才好，对吗？这些画就是我的回答。活下来的人，一定要笑才行……就算是为了死去的那么多人，也一定要笑起来呀。"

长久的沉默，神野老师始终紧盯着画，最终，她转过头对我说："会有那么一天，我也能像画中的女孩那样笑起来吗？"

"那当然了，一定会的。"

"什么时候啊？"她追问道。

"嗯……到了春天吧。"

"到了春天，我就……"

"什么？"

"没事啦，什么都没有。"

她仿佛心里的小秘密被打听到了一样，小孩子似的缩了缩脖子。随后小声笑了。

虽然春天还远，但她的笑容却仿佛春日一般温暖和煦。

"前几天，我收到一封毕业生写的信。"她似乎突然想起来一样说。

"是洼田由利枝写来的，就是我们之前常谈到的那个孩子，您还记得吗？"

"当然记得，然后呢？她现在过得怎么样呀？"

"她春天准备结婚了。现在过得非常幸福哦。"

"那可太好了。"

我打从心底里这样认为。随后，我突然想到一句连我自己都意想不到的话，脱口而出："怎么样啊，到了春天，我们也……"

"欸？"

她轻声惊叫，随后脸腾地红了。

"没，什么都没有啦。"

我慌忙掩饰的样子有些好笑，于是神野老师又轻声笑了。那笑声仿佛铃音般清脆美妙，惹得我也跟着笑了起来。

我们身旁，画中的少女们仍旧天真无邪地凝望着我们。她们的脸上，浮现出了永不消失的微笑。

《GARASU NO KIRIN》
© Tomoko Kanou, 2000
All Rights Reserved.
Original Japanese edition published by KODANSHA LTD.
Publication rights for Simplified Chinese character edition arranged with KODANSHA LTD. through KODANSHA BEIJING CULTURE LTD. Beijing, China.
Simplied Chinese edition copyright: 2024 New Star Press Co., Ltd.

图书在版编目（CIP）数据

玻璃长颈鹿 /（日）加纳朋子著；董纾含译 . —— 北京：新星出版社，2024.3
ISBN 978-7-5133-5296-3

Ⅰ . ①玻… Ⅱ . ①加… ②董… Ⅲ . ①推理小说 – 小说集 – 日本 – 现代 Ⅳ . ① I313.45

中国国家版本馆 CIP 数据核字 (2023) 第 152390 号

午夜文库
谢刚 主持

玻璃长颈鹿

[日] 加纳朋子 著　董纾含 译

责任编辑　王　萌
责任校对　刘　义
责任印制　李珊珊
装帧设计　@broussaille 私制

出 版 人　马汝军
出版发行　新星出版社
　　　　　（北京市西城区车公庄大街丙 3 号楼 8001　100044）
网　　址　www.newstarpress.com
法律顾问　北京市岳成律师事务所
印　　刷　北京天恒嘉业印刷有限公司
开　　本　910mm×1230mm　1/32
印　　张　8.375
字　　数　128 千字
版　　次　2024 年 3 月第 1 版　2024 年 3 月第 1 次印刷
书　　号　ISBN 978-7-5133-5296-3
定　　价　52.00 元

版权专有，侵权必究。如有印装错误，请与出版社联系。
总机：010-88310888　传真：010-65270449　销售中心：010-88310811